沈从文文集

边城

（精装纪念版）

沈从文 著

江苏人民出版社

图书在版编目（CIP）数据

边城：精装纪念版 / 沈从文著 . — 南京：江苏人民出版社，2022.12
 ISBN 978-7-214-27409-0

Ⅰ.①边⋯ Ⅱ.①沈⋯ Ⅲ.①中篇小说 – 小说集 – 中国 – 现代②短篇小说 – 小说集 – 中国 – 现代 Ⅳ.①I246.7

中国版本图书馆 CIP 数据核字 (2022) 第 130441 号

书　　　名	边城（精装纪念版）	
著　　　者	沈从文	
责 任 编 辑	胡海弘	
出 版 发 行	江苏人民出版社	
地　　　址	南京市湖南路 1 号 A 楼，邮编：210009	
印　　　刷	天津旭丰源印刷有限公司	
开　　　本	880 mm × 1 230 mm　1/32	
印　　　张	7	
插　　　页	4	
字　　　数	167 000	
版　　　次	2022 年 12 月第 1 版	
印　　　次	2022 年 12 月第 1 次印刷	
标 准 书 号	ISBN 978-7-214-27409-0	
定　　　价	45.00 元	

（江苏人民出版社图书凡印装错误可向承印厂调换）

目　录

市集 _ 001

静 _ 006

槐化镇 _ 015

屠桌边 _ 020

夫妇 _ 026

如蕤 _ 035

绅士的太太 _ 062

萧萧 _ 091

三三 _ 106

边城 _ 132

编者说明 _ 220

○ ○ ○ 市集

廉纤的毛毛细雨，在天气还没有大变以前欲雪未能的时节，还是霏霏微微落将下来。一个小小乡场，位置在又高又大陡斜的山脚下，前面濒着舠舠儿的河，被如烟如雾雨丝织成的帘幕，一起把它蒙罩着了。

照例的三八市集，还是照例的有好多好多乡下人，小田主，买鸡到城里去卖的小贩子，花幞头大耳环丰姿隽逸的苗姑娘，以及一些穿灰色号裤子口上说是来察场讨人烦腻的副爷们，与穿高筒子老牛皮靴的团总，各从附近的乡村来做买卖。他们的草鞋底半路上带了无数黄泥浆到集上来，又从场上大坪坝内带了不少的灰色浊泥归去。去去来来，人也数不清多少。

集上的骚动，吵吵闹闹，凡是到过南方（湖湘以西）乡下的人，是都会知道的。

倘若你是由远远的另一处地方听着，那种喧嚣的起伏，你会疑心到是滩水流动的声音了！

这种洪壮的潮声，还只是一般做生意人在讨论价钱时很和平的每个论调而起。就中虽也有遇到卖牛的场上几个人像唱戏黑花脸出台时那么大喊大嚷找经纪人，也有因秤上不公允而起口角——你骂我一句娘，我又骂你一句娘，你又骂我一句娘……然而究竟还是因为人太多，一两桩事，实在是万万不能做到的！

卖猪的场上，他们把小猪崽的耳朵提起来给买主看时，那种尖锐的嘶喊声，使人听来不愉快至于牙齿根也发酸。

卖羊的场上，许多美丽驯服的小羊儿咩咩地喊着。一些不大守规矩的大羊，无聊似的，两个把前蹄举起来，作势用前额相碰。大概相碰是可以驱逐无聊的，所以第一次訇的碰后，却又作势立起来为第二次预备。牛场却单独占据在场左边一个大坪坝，因为牛的生意在这里占了全部交易的四分一以上。那里四面搭起无数小茅棚（棚内卖酒卖面），为一些成交后的田主们喝茶喝酒的地方。那里有大锅大锅煮得"稀糊之烂"的牛脏类下酒物，有大锅大锅香喷喷的肥狗肉，有从总兵营一带担来卖的高粱烧酒，也还有城里馆子特意来卖面的。假若你是城里人来这里卖面，他们因为想吃香酱油的缘故，都会来你馆子，那么，你生意便比其他铺子要更热闹了。

到城里时，我们所见到的东西，不过小摊子上每样有一点罢了！这里可就大不相同。单单是卖鸡蛋的地方，一排一排地摆列着，满箩满筐地装着，你数过去，总是几十担。辣子呢，都是一屋一屋搁着。此外干了的黄色草烟，用为染坊染布的五倍子和栎木皮，还未榨出油来的桐茶子，米场白蒙白蒙了的米，屠桌上大只大只失了脑袋刮得净白的肥猪，大腿大腿红腻腻还在跳动的牛肉……都多得怕人。

不大宽的河下，满泊着载人载物的灰色黄色小艇，一排排挤挤挨挨地相互靠着也难于数清。

集中是没有什么统系制度。虽然在先前开场时，总也有几个地方上的乡约伯伯、团总、守汛的把总老爷，口头立了一个规约，卖物的照着生意大小缴纳千分之几——或至万分之几，但也有百分之几——的场捐，或经纪佣钱、棚捐，不过，假若你这生意并不大，又不须经纪人，则不须受场上的拘束，可以自由贸易了。

到这天，做经纪的真不容易！脚底下笼着他那双厚底高筒的老牛皮靴子（米场的），为这个爬斗，为那个倒箩筐。（牛羊场的）一面为这个那个拉拢生意，身上让卖主拉一把，又让买主拉一把；一面又要顾全到别的地方因争持时闹出岔子的调排，委实不是好玩的事啊！大概他们声音都略略嚷得有点嘶哑，虽然时时为别人扯到馆子里去润喉。不过，他今天的收入，也就很可以酬他的劳苦了。

……

因为阴雨，又因为做生意的人各都是在别一个村子里住家，有些还得在散场后走到二三十里路的别个乡村去；有些专靠漂场生意讨吃的还待赶到明天那个场上的生意，所以散场很早。

不到晚炊起时，场上大坪坝似乎又觉得宽大空阔起来了！……再过些时候，除了屠桌下几只大狗在啃嚼残余，因分配不平均在那里不顾命地奋斗外，便只有由河下送来的几声清脆篙声了。

归去的人们，也间或有骑着家中打筛的雌马，马项颈下挂着一串小铜铃叮叮当当跑着的，但这是少数；大多数还是赖着两只脚在泥浆里翻来翻去。他们总笑嘻嘻地担着箩筐或背一个大竹背笼，满装上青菜、萝卜、牛肺、牛肝、牛肉、盐、豆腐、猪肠子一类东西。手上提的小竹筒不消说是酒与油。有的拿草绳套着小猪小羊的颈项牵起忙跑；有的肩膊上挂了一个毛蓝布绣有白四季花或"福"字、"万"字的褡裢，赶着他新买的牛（褡裢内当然已空）；有的却是口袋满装着钱心中满装着欢喜——这之间各样人都有。

我们还有机会可以见到许多令人妒羡、赞美、惊奇，又美丽，又娟媚，又天真的青年老妳（苗小姐）和阿妠（苗妇人）。

一九二五年三月二十日
于窄而霉小斋作

◻附一 志摩的欣赏

这是多美丽多生动的一幅乡村画。

作者的笔真像是梦里的一只小艇,在波纹瘦鳞鳞的梦河里荡着,处处有着落,却又处处不留痕迹。这般作品不是写成的,是"想成"的。给这类的作者,批评是多余的,因为他自己的想象就是最不放松的不出声的批评者。奖励也是多余的,因为春草的发青,云雀的放歌,都是用不着人们的奖励的。

◻附二 关于《市集》的声明

志摩先生:看到报,事真糟,想法声明一下吧。近来正有一般小捣鬼遇事寻罅缝,说不定因此又要生出一番新的风浪。那一篇《市集》先送到《晨报》,用"休芸芸"名字,久不见登载,以为不见了。接着因《燕大周刊》有个熟人拿去登过;后又为一个朋友不候我的许可又转载到《民众文艺》上——这次又见,是三次了。小东西出现到三次,不是丑事总也成了可笑的事!

这似乎又全是我过失。因为前次你拿我那一册稿子问我时,我曾说统未登载过,忘了这篇。这篇既已曾登载过,为甚我又连同那另外四篇送到晨报社去?那还有个缘由:因我那个时候正同此时一样,生活悬挂在半空中,伙计对于欠账逼得不放松,故写了三四篇东西并录下这一篇短东西做一个册子,送与勉己先生,记到附函曾有下面的话——

"……若得到二十块钱开销一下公寓,这东西就卖了。《市集》一篇，曾登载过……"

　　至于我附这短篇上去的意思，原是想把总来换二十块钱，让晨报社印一个小册子。当时也曾声明过。到后一个大不得，而勉己先生尽我写信问他请他退这一本稿子又不理，我以为必是早失落了，失落就失落了，我哪来追问同编辑先生告状打官司的气力呢？所以不问。

　　不期望稿子还没有因包花生米而流传到人间。不但不失，且更得了新编辑的赏识，填到篇末，还加了几句受来背脾发麻的按语，纵无好揽闲事的虫豸们来发见这足以使他自己为细心而自豪的事，但我自己看来，已够可笑了。且前者署"休芸芸"，而今却变成"沈从文"，我也得声明一下：实在果能因此给了虫豸们一点钻蛀的空处，就让他永久是两个不同的人名吧。

从文
于新窄而霉斋

　　从文，不碍事，算是我们副刊转载的，也就罢了。有一位署名"小兵"的劝我下回没有相当稿子时，就不妨拿空白纸给读者们做别的用途，省得掺上烂东西叫人家看了眼疼心烦。

　　我想另一个办法是复载值得读者们再读三读乃至四读五读的作品，我想这也应得比乱登的办法强些。下回再要没有好稿子，我想我要开始印《红楼梦》了！好在版权是不成问题的。

志摩

○ ○ ○ 静

春天日子是长极了的。长长的白日，一个小城中，老年人不向太阳取暖就是打瞌睡，少年人无事做时皆在晒楼或空坪里放风筝。天上白白的日头慢慢地移着，云影慢慢地移着，什么人家的风筝脱线了，各处便都有人仰了头望到天空，小孩子都大声乱嚷，手脚齐动，盼望到这无主风筝，落在自己家中的天井里。

女孩子岳珉年纪约十四岁左右，有一张营养不良的小小白脸，穿着新上身不久、长可齐膝的蓝布袍子，正在后楼屋顶晒台上，望到一个从城里不知谁处飘来的脱线风筝，在头上高空里斜斜地溜过去，眼看到那线脚曳在屋瓦上。隔壁人家晒台上，有一个胖胖的妇人，正在用晾衣竹竿乱捞。身后楼梯有小小声音，一个男小孩子，手脚齐用地爬着楼梯，不一会儿，小小的头颅就在楼口边出现了。小孩子怯怯的，贼一样的，转动两个活泼的眼睛，不即上来，轻轻地喊女孩子。

"小姨，小姨，婆婆睡了，我上来一会儿好不好？"

女孩子听到声音，忙回过头去。望到小孩子就轻轻地骂着："北生，你该打，怎么又上来？等会儿你姆妈就回来了，不怕骂吗？"

"玩一会儿。你莫声，婆婆睡了！"小孩重复地说着，神气十分柔和。

女孩子皱着眉吓了他一下，便走过去，把小孩援上晒楼了。

这晒楼原如这小城里所有平常晒楼一样，是用一些木枋，疏疏地排列到一个木架上，且多数是上了点年纪的。上了晒楼，两人倚在朽烂发霉摇摇欲坠的栏杆旁，数天上的大小风筝。晒楼下面是斜斜的屋顶，屋瓦疏疏落落，有些地方经过几天春雨，都长了绿色霉苔。屋顶接连屋顶，晒楼左右全是别人家的晒楼。有晒衣服被单的，把竹竿撑得高高的，在微风中飘飘如旗帜。晒楼前面是石头城墙，可以望到城墙上石罅里植根新发芽的葡萄藤。晒楼后面是一道小河，河水又清又软，很温柔地流着。河对面有一个大坪，绿得同一块大毡茵一样，上面还绣得有各样颜色的花朵。大坪尽头远处，可以看到好些菜园同一个小庙。菜园篱笆旁的桃花，同庵堂里几株桃花，正开得十分热闹。

日头十分温暖，景象极其沉静，两个人一句话不说，望了一会儿天上，又望了一会儿河水。河水不像早晚那么绿，有些地方似乎是蓝色，有些地方又为日光照成一片银色。对岸那块大坪，有几处种得有油菜，菜花黄澄澄的如金子。另外草地上，有从城里染坊中人晒得许多白布，长长地卧着，用大石块压着两端。坪里也有三个人坐在大石头上放风筝，其中一个小孩，吹一个芦管唢呐，吹各样送亲嫁女的调子。另外还有三匹白马、两匹黄马，没有人照料，在那里吃草，从从容容，一面低头吃草一面散步。

小孩北生望到有两匹马跑了，就狂喜地喊着："小姨，小姨，你看！"小姨望了他一眼，用手指指楼下，这小孩子懂事，恐怕下面知道，赶忙把自己手掌掩到自己的嘴唇，望望小姨，摇了一摇那颗小小的头颅，意思像在说："莫说，莫说。"

两个人望到马，望到青草，望到一切，小孩子快乐得如痴，女孩子似乎想到很远的一些别的东西。

他们是逃难来的，这地方并不是家乡，也不是所要到的地方。母亲、大嫂、姐姐、姐姐的儿子北生、小丫头翠云一群人中,就只五岁大的北生是男子。糊糊涂涂坐了十四天小小篷船,船到了这里以后,应当换轮船了,一打听各处,才知道××城还在被围,过上海或过南京的船车全已不能开行。

到此地以后,证明了从上面听来的消息不确实。既然不能通过,回去也不是很容易的,因此照妈妈的主张,就找寻了这样一间屋子权且居住下来,打发随来的兵士过宜昌,去信给北京同上海,等候各方面的回信。在此住下后,妈妈同嫂嫂只盼望宜昌有人来,姐姐只盼望北京的信,女孩岳珉便想到上海一切。她只希望上海先有信来,因此才好读书。若过宜昌同爸爸住,爸爸是一个军部的军事代表,哥哥也是个军官,不如过上海同教书的二哥同住。可是××一个月了还打不下。谁敢说定,什么时候才能通行?几个人住此已经有四十天了,每天总是要小丫头翠云做伴,跑到城门口那家本地报馆门前去看报,看了报后又赶回来,将一切报上消息,告给母亲同姐姐。几人就从这些消息上,找出可安慰的理由来,或者互相谈到晚上各人所做的好梦,从各样梦里,卜取一切不可期待的佳兆。母亲原是一个多病的人,到此一月来各处还无回信,路费剩下来的已有限得很,身体原来就很坏,加之路上又十分辛苦,自然就更坏了。女孩岳珉常常就想道:"再有半个月不行,我就进党务学校去也好吧。"那时党务学校,十四岁的女孩子的确是很多的。一个上校的女儿有什么不合式?一进去不必花一个钱,六个月毕业后,派到各处去服务,还有五十块钱的月薪。这些事情,自然也是这个女孩子,从报纸上看来,保留到心里的。

正想到党务学校的章程,同自己未来的运数,小孩北生耳朵很聪锐,因恐怕外婆醒后知道了自己私自上楼的事,又说会掉到水沟里折断小手,已听到了楼下外婆咳嗽,就牵小姨的衣角,轻声地说："小姨，你让我下去，大婆醒了！"原来这小孩子一个人爬上楼梯以后，下楼时就不知道怎么办了的。

女孩岳珉把小孩子送下楼以后，看到小丫头翠云正在天井洗衣，也就蹲到盆边去搓了两下，觉得没什么趣味，就说："翠云，我为你楼上去晒衣吧。"拿了些扭干了水的湿衣，又上了晒楼。一会儿，把衣就晾好了。

这河中因为去桥较远，为了方便，还有一只渡船，这渡船宽宽的如一条板凳，懒懒地搁在滩上。可是路不当冲，这只渡船除了染坊中人晒布，同一些工人过河挑黄土用得着它以外，常常半天就不见一个人过渡。守渡船的人，这时正躺在大坪中大石块上睡觉。那船在太阳下，灰白憔悴，也如十分无聊十分倦怠的样子，浮在水面上，慢慢地在微风里滑动。

"为什么这样清静？"女孩岳珉心里想着。这时节，对河远处却正有制船工人，用钉锤敲打船舷，发出乒乒乓乓的声音。还有卖针线飘乡的人在对河小村镇上，摇动小鼓的声音。声音不断地在空气中荡漾，正因为这些声音，却反而使人觉得更加分外寂静。

过一会儿，从里边有桃花树的小庵堂里，出来了一个小尼姑，戴黑色僧帽，穿灰色僧衣，手上提了一个篮子，扬长地越过大坪向河边走去。这小尼姑走到河边，便停在渡船上面一点，蹲在一块石头上，慢慢地卷起衣袖，各处望了一会儿，又望了一阵天上的风筝，才从容不迫地，从提篮里取出一大束青菜，一一地拿到面前，在流水里乱摇乱摆。因此一来，河水便发亮得滑动不止。又过一会儿，从城边岸上来了一个乡下妇人，在这边岸上，喊叫过渡，渡船夫上船抽了好一会儿篙子，才把船撑过河，把妇人渡过对岸，不知为什么事情，这船夫像吵架似的，大声地说了一些话，那妇人一句话不说就走去了。

跟着不久,又有三个挑空箩筐的男子,从近城这边岸上唤渡,船夫照样缓缓地撑着竹篙,这一次那三个乡下人,为了一件事,互相在船上吵着,划船的可一句话不说,一摆到了岸,就把篙子钉在沙里。不久那六只箩筐,就排成一线,消失到大坪尽头去了。

洗菜的小尼姑那时也把菜洗好了,正在用一段木杵,捣一块布或是件衣裳,捣了几下,又把它放在水中去拖摆几下,于是再提起来用力捣着。木杵声音印在城墙上,回声也一下一下地响着。这尼姑到后大约也觉得这回声很有趣了,就停顿了工作,尖锐地喊叫:"四林,四林。"那边也便应着"四林,四林"。再过不久,庵堂那边也有女人锐声地喊着"四林,四林",且说些别的话语,大约是问她事情做完了没有。原来这就是小尼姑自己的名字!这小尼姑事做完了,水边也玩厌了,便提了篮子,故意从白布上面,横横地越过去,踏到那些空处,走回去了。

小尼姑走后,女孩岳珉望到河中水面上,有几片菜叶浮着,傍到渡船缓缓地动着,心里就想起刚才那小尼姑十分快乐的样子。"小尼姑这时一定在庵堂里把衣晾上竹竿了!……一定在那桃花树下为老师父捶背!……一定一面口下念佛,一面就用手逗身旁的小猫玩!……"想起许多事都觉得十分可笑,就微笑着,也学到低低地喊着"四林,四林"。

过了一会儿。想起这小尼姑的快乐,想起河里的水,远处的花,天上的云,以及屋里母亲的病,这女孩子,不知不觉又有点寂寞起来了。

她记起了早上喜鹊,在晒楼上叫了许久,心想每天这时候送信的都来送信,不如下去看看,是不是上海来了信。走到楼梯边,就见到小孩北生正轻脚轻手,第二回爬上最低那一级梯子。

"北生你这孩子，不要再上来了呀！"

下楼后，北生把女孩岳珉拉着，要她把头低下，耳朵俯就到他小口，细声细气地说："小姨，大婆吐那个……"

到房里去时，看到躺在床上的母亲，静静的如一个死人，很柔弱很安静地呼吸着，又瘦又狭的脸上，为一种疲劳忧愁所笼罩。母亲像是已醒过一会儿了，一听到有人在房中走路，就睁开了眼睛。

"珉珉你为我看看，热水瓶里的水还剩多少。"

一面为病人倒出热水调和库阿可斯，一面望到母亲日益消瘦下去的脸，同那个小小的鼻子，女孩岳珉说："妈，妈，天气好极了，晒楼上望到对河那小庵堂里桃花，今天已全开了。"

病人不说什么，微微地笑着。想到刚才咳出的血，伸出自己那只瘦瘦的手来，摸了摸自己的额头，自言自语地说着，我不发烧。说了又望到女孩温柔地微笑着。那种笑是那么动人怜悯的，使女孩岳珉低低地嘘了一口气。

"你咳嗽不好一点吗？"

"好了好了，不要紧的，人不吃亏。早上吃鱼，喉头稍稍有点火，不要紧的。"

这样问答着，女孩便想走过，看看枕边那个小小痰盂。病人明白那个意思了，就说："没有什么。"又说，"珉珉你站到莫动，我看看，这个月你又长高了！"

女孩岳珉害羞似的笑着："我不像竹子吧，妈妈。我担心得很，人太长高了要笑人的！"

静了一会儿，母亲记起什么了。

"珉珉我做了个好梦，梦到我们已经上了船，三等舱里人挤得不成样子。"

其实这梦还是病人捏造的,因为记忆力乱乱的,故第二次又来说着。

女孩岳珉望到母亲同蜡做成一样的小脸,就勉强笑着:"我昨晚当真梦到大船,还梦到三毛老表来接我们,又觉得他是福禄旅馆接客的招待,送我们每一个人一本旅行指南。今早上喜鹊叫了半天,我们算算看,今天会不会有信来。"

"今天不来明天应来了!"

"说不定自己会来!"

"报上不是说过,十三师在宜昌要调动吗?"

"爸爸莫非已动身了!"

"要来,应当先有电报来!"

两人故意这样乐观地说着,互相哄着对面那一个人,口上虽那么说着,女孩岳珉心里却那么想着:"妈妈病怎么办?"病人自己也心里想着:"这样病下去真糟。"

姐姐同嫂嫂,从城北卜课回来了,两人正在天井里悄悄地说着话。女孩岳珉便站到房门边去,装成快乐的声音:"姐姐,大嫂,先前有一个风筝断了线,线头搭在瓦上曳过去,隔壁那个妇人,用竹竿捞不着,打破了许多瓦,真好笑!"

姐姐说:"北生你一定又同小姨上晒楼了,不小心,把脚摔断,将来成跛子!"

小孩北生正蹲到翠云身边,听姆妈说到他,不敢回答,只偷偷地望到小姨笑着。

女孩岳珉一面向北生微笑,一面便走过天井,拉了姐姐往厨房那边走去,低声地说:"姐姐,看样子,妈又吐了!"

姐姐说:"怎么办?北京应当来信了!"

"你们抽的签?"

姐姐一面取那签上的字条给女孩,一面向蹲在地下的北生招手,小孩走过身边来,把两只手围抱着他母亲,"娘,娘,大婆又咯咯地吐了,她收到枕头下!"

姐姐说:"北生我告你,不许到婆婆房里去闹,知道么?"

小孩很懂事地说:"我知道。"又说,"娘娘,对河桃花全开了,你让小姨带我上晒楼玩一会儿,我不吵闹。"

姐姐装成生气的样子:"不许上去,落了多久雨,上面滑得很!"又说,"到你小房里玩去,你上楼,大婆要骂小姨!"

这小孩走过小姨身边去,捏了一下小姨的手,乖乖地到他自己小卧房去了。

那时翠云丫头已经把衣搓好了,且用清水荡过了,女孩岳珉便为扭衣裳的水,一面做事一面说:"翠云,我们以后到河里去洗衣,可方便多了!过渡船到对河去,一个人也不有,不怕什么吧。"翠云丫头不说什么,脸儿红红的,只是低头笑着。

病人在房里咳嗽不止,姐姐同大嫂便进去了。翠云把衣扭好了,便预备上楼。女孩岳珉在天井中看了一会儿日影,走到病人房门口望望。只见到大嫂正在裁纸,大姐坐在床边,想检查那小痰盂,母亲先是不允许,用手拦阻,后来大姐仍然见到了,只是摇头。可是三个人皆勉强地笑着,且故意想从别一件事上,解除一下当前的悲戚处,于是说到一个很久远的故事。到后三人又商量到写信打电报的事情。女孩岳珉不知为什么,心里尽是酸酸的,站在天井里,同谁生气似的,红了眼睛,咬着嘴唇。过一阵,听到翠云丫头在晒楼说话:"珉小姐,珉小姐,你上来,看新娘子骑马,快要过渡了!"

又过一阵,翠云丫头于是又说:"看呀,看呀,快来看呀,一个一块瓦的大风筝跑了,快来,快来,就在头上,我们捉它!"

女孩岳珉抬起来了头,果然从天井里也可以望到一个高高的风筝,如同一个吃醉了酒的巡警神气,偏偏斜斜地滑过去,隐隐约约还看到一截白线,很长地在空中摇摆。

也不是为看风筝,也不是为看新娘子,等到翠云下晒楼以后,女孩岳珉仍然上了晒楼。上了晒楼,仍然在栏杆边傍着,眺望到一切远处近处,心里慢慢地就平静了。后来看到染坊中人在大坪里收拾布匹,把整匹白布折成豆腐干形式,一方一方摆在草上,看到尼姑庵里瓦上有烟子,各处远近人家也都有了烟子,她才离开晒楼。

下楼后,向病人房门边张望了一下,母亲同姐姐三人都在床上睡着了。再到小孩北生小房里去看看,北生不知在什么时节,也坐在地下小绒狗旁睡着了。走到厨房去,翠云丫头正在灶口边板凳上,偷偷地用无敌牌牙粉,当成水粉擦脸。女孩岳珉似乎恐怕惊动了这丫头的神气,赶忙走进天井中心去。

这时听到隔壁有人拍门,有人互相问答说话。女孩岳珉心里很稀奇地想道:"谁在问谁?莫非爸爸同哥哥来了,在门前问门牌号数吧?"这样想到,心便骤然跳跃起来,忙匆匆地走到二门边去,只等候有什么人拍门拉铃子,就一定是远处来的人了。

可是,过一会儿,一切又都寂静了。

女孩岳珉便不知所谓地微微地笑着。日影斜斜地,把屋角同晒楼柱头的影子,映到天井角上,恰恰如另外一个地方,竖立在她们所等候的那个爸爸坟上一面纸制的旗帜。

一九三二年三月
萌妹述,为纪念姐姐亡儿北生而作

○ ○ ○ 槐化镇

　　近来人常会把一切不相关的事联想起来，大概是心情太闲散了。白天正独自个，对到新买来的一个绿花瓶，想到插瓶中顶适宜的是洋槐。洋槐没有开，紫藤先到瓶中了。又似乎不能把洋槐白色成穗的花忘却。因槐花想到槐化镇，到夜里，且梦到在一个大铁炉子边折得一大束槐花，醒来了，嗅到紫藤的淡淡香气，还疑是那铁炉子边折来的成穗白色的洋槐花！

　　槐化镇，我住过一年半。还是七八年前的事，近来那地方不知怎样了。那地方给我的印象，有顶好的也有顶坏的，我都把它保存下来。然而这也是不得已，我是但愿能记得到那一部分好点的。关于炉子，还有去炉子不远的一个泉水，是属于可爱一类的，所以梦中还是离不开。

　　槐化是个什么地方？我不说。这地方是有的，不过很远很远罢了。这地方，虽然在地图上，指示你们一个小点，但实际上，是在你们北方人思想以外的。也正因其为远到许多北方人（还不止北方人）思想以外，所以我才说远！若实在说，果真有那类傻人，想要到那里去看看那铁炉子，证实我的话，从南边湘西一个小商埠上去，花二十天的步行，就可以达到那个地方了。地方并不大，只是一条大正街。街说是大，乃比起镇上小弄子而言，能够容两顶轿子并排行走，虽不大，在南方小市镇算来也不为小了。

　　我最爱到离住处不很远的一个小土丘去玩。名字忘了。那里有个洞，我就叫它为风洞吧。风洞位置在小土丘腰上，这就很奇怪，土丘的确像是人工堆成的大馒头样子。但风洞又似乎全是天生石块。风洞大致是与另一山洞相通，是以常常有风从洞中吹出，到热天时，则风极冷。镇上的人，信风是由洞神口中吹出，当之者则发烧头痛，且以致死，所以从不见一镇上小孩到洞边玩耍。虽常听说镇上许多少男少女夭死的都为此洞神所取，因了爱玩，我居然敢反抗迷信。本来风洞也太好了。我所到过的地方，使我过去了许多年还留恋的，风洞居其一。许多石头，在土丘四围，颓然欲堕，但又并不崩落，很自然地为另一大石扶着，或压住一角，与土丘成宾主。土丘居中，顶上极其平顺，全是细细的黄土，到了八月，黄土上开遍了野蒿菊，像星子，又像绣花的毯子。若是会画，我早把它画下来了。

还有一个地方，就是田坪中那个方井泉。泉在田坪中，似乎把幽雅境致失去了。但泉的四围，十多株柳树，为前人种下来，把田坪四围的阔朗收缩了许多。且坐在泉边看女人洗菜，白菜萝卜根叶浮满了泉尾的溪面上，泉水又清到那样，许多女人都把来当镜子照到理发，也有趣。水流出井外时，则成了一条狭长小溪。泉水的来源，是由地底沙土中涌出的，在日光下，空气为水裹成小珍珠样，由水底上翻，有趣到使人不忍离开它。八年的时间，泉水变成怎样了呢？是无从问讯了。

铁厂的熔铁炉，是在镇的南边。去那里，得过一条约有十多丈宽的河沟。这河沟时常干到只剩一小半水，又时而涨到堤坎以上。到涨水时，则铁厂不能去了。涨水时，虽有桥，虽有渡船，但得包绕两里多路。谁能因为单是看看铁炉去多走三里路？是以一遇到涨水，纵是要看，我们也只好隔河远远地欣赏一番罢了。到水落时，从跳石上过去，四十来礅跳石，大的还不到一尺见方大，河中的水即或是浅，但流得极凶，有些人，是要为此头眩的。我则大摇大摆，估量到纵或失神堕下去，还欺得住这河水。

"那是很可恶的一条溪水啊！"有一次，同我伴着往铁厂去玩的一个军佐，见了活活流动的水，白的泡沫乱翻，竟返身了。当军人那样怕水，这是我如今想着他怯怯的神态时还要笑的一桩事。

出了南街口，那个五丈或竟到六丈七丈高大的炉顶，就现在眼前了。想来炉子还不止七丈高，我们望它的顶，似乎总得昂头用手扶住帽子。这是个石块、砖头、竹、木、泥、铁和拢来建筑成功的一种伟大怪物。在当时，曾费了许多思想，还找不出它着手处来。像是碉堡，比碉堡大到几倍。用碉堡来形容，像是像了，但有许多人连碉堡就不曾见过。我再说个比拟，它像一个旧式泥蜡台。它是四方，到顶上渐小渐锐的一种类乎大泥蜡烛台的怪物。伟大处，使到它身边的人，比小孩子站在象身边还要觉得渺小。第一面时给我一个傻想头，就是揣想它不是人所做成的东西。炉顶出烟，有时成了红色。另一端，有用铁条木板做成如在天空悬着似的长桥，桥的一端搭在炉顶，时时刻刻可以见到一个人推了一个东西从彼端坡上到炉顶去，起初却不知道这是推矿石同燃料。矿石是先用煤夹层砌好，到一个露天坑里炼好成了深灰色的，至于升火燃料是用煤还是用柴，那就不知道了。

有一次，因为同了一个副官去看，我们就上了坡过了那长桥，直到炉顶。在下面看来，尖的炉顶，至多是有四张方桌大吧。谁知到了上面，太出人意料了。这顶上至少比普通戏台大，且四围有极大的栏杆。出火的那个口子，也还比床为大。顶上满铺的是大方砖，干净平整，正同人家极好的天井一样；站到上面，看下头的一切人，比从下面看上头更小了。附在炉旁放风箱的屋子，非常之小，正同两张骨牌凳，又像一个方木鸡笼。槐化的全市也看得极其清楚，各家的瓦棱都能分明认得出来。副官说是能夜间来此看月亮，那好极了，可是我们始终都不曾能于夜间来此一次。

到了铁炉边，我还有一个愿望，就是有人许可我在炉顶看来像鸡笼一样那个风箱屋子住两天。我相信只要有人准，我当时是极其愿意的。许多同事也都说这屋子有趣。屋是方形，用大木柱如铁路上路轨枕木那么整齐好看的硬木砌成。顶上盖的是铁板子，四围又用铁条子箍着，屋子靠到炉旁，像是炉子的脚趾。屋子中，一个占了屋子一半的方形大木风箱立在屋角。风箱的身正同屋子一样，较小一点的木柱，在发光的铁箍下束得极紧，前面一个大圆木把手，包了铁皮。铁皮为扯风箱的手摩得闪光。六个拉风箱的人赤了膊子，站在风箱前头，双手扶住风箱的把手，一个司令，"嘘……"的一声哨子，六个人就齐向前一扑；再"嘘……"的一声，又是一退。不到半点钟，六个人的汗榨出得已像个样子了，于是就另外来了六个人换班，依然是一嘘一嘘，把风送到炉里去。这哨子你远一点听着，是一只山麻雀在叫，稍近一点，又变成油蛐蛐了。风箱屋子后面，堆了数不清的毛铁，大约还得运到另一个地方去炼一道，运铁的是牛的背与人的背，牛也很多，人也很多。

一个人，用一根丈多长的铁签子，把炉脚一个小小铁门拨开，水银般东西流出来，流到就地挖成的浅浅小坑中，过了些时，铁就由紫色转成普通毛铁的颜色了。在泻铁处还可以看到比烟火还热闹的白火花，若是夜间，那是当更其有趣的。

槐化还有一个特色，就是落雨。雨之类，像爱哭的女人的眼泪样,长年永是那么落,不断地落,却不见完。尤其是秋天同春末,使脾气极好的人,也常常因这种不合理的雨水落得发愁,生出骂一句娘的心情来了。终日靡靡微微,不成点也不成丝,在很小的风的追逐下,一个市镇,全给埋葬在这种雾霾中。大街上,就是说较宽点那一条街上,只见泥泥泞泞,黑色的污秽,满满地匀匀地布了一街。在街上,横流四溢的,是那些豆腐铺中从豆腐缸里倒出来的臭水——水中有夹了些白的泡沫的,则流到街上时还发酵似的沸沸响着。杂货铺柜台子下,可以见到些湿透了毛羽,悲缩可怜,又像比平时小了许多,垂着尾巴的鸡公。鸭子在街中嘻嘻哈哈乐着,变了平日的颜色,拖泥带水,把一个扁嘴壳插到街石跷起的罅隙中,去脏水里寻找红虫曲蟮一类食物……这是介于我喜憎之间的,所以不多说了。

一九二六年四月

○ ○ ○ 屠桌边

志成屋里人今天打扮得似乎更其俏皮了。身上那件刚下过头水的鱼肚白竹布衫子，罩上一条省青布围腰，圆肫肫的脸庞上稀稀地搽了一点宫粉，耳朵下垂着一对金晃晃的圈圈环子，头上那块青绉绢又低低地缠到眉毛以上五分左右的额边，衣衫既撑撑崭崭，粉又不像别的妇人打得忘了顾到脖子，成一个"加官壳"，头又梳得如此索利——假如是在池塘坪大戏场上，同到一些太太小姐们并排坐着高棚子，谁个又知道这就是道门口卖肉的志成屋里人呢！

她这时正坐在屠桌边一个四四方方的大钱桶上，眼看着志成匆匆忙忙地动手动脚，几大块肥猪肉却在他的屠刀下四两半斤地变成了制钱和铜圆。她笑眯眯地一五一十在那里数钱的多少。

她的职务是收钱。

在一个月以前，收钱的职务本来还是志成自己，另外请了一个帮手掌刀。如今因为南门新添了一张案桌，帮手到南门去做生意去了，所以她才自己来照料买卖。她原是一个能干而又和气的妇人。若单看样子，你也许将疑心她是一个千总的太太了。其实正街上熊盛泰家老板娘，虽说是穿金戴玉，相貌究竟还不及她富态端整咧。

她遇到相识的几个熟主顾时，也很会做出大方的样子，把钱接过手来，也不清数，连看都像懒得多看一眼，就朝到身旁边那个油光水滑值得送唐老特做古董了的老南竹筒里一丢。那竹钱筒张着口竖矗矗站在她身旁，腰肩上贴有金箔纸剪就的"黄金万两"四个连牵字。她虽说是大方，但你不要就疑心她是轻容易上别人当的！她是能知道人人都有随处找点小便宜心思的。所不过细的事情，也只在几个她认为放心可以不足怕的主顾才行。譬如是南门挖的李四嫂子，卖酸萝卜的宋小桂与跛脚麻三这几个人，不怕你就是送她的白光光的大制钱，她却也非要过细数看一下不可，因为他们都是老爱短个把数，或是于一百钱中间夹上四五沙眼——加之他们还太爱拣精选肥，挑皮剔骨，故意为难过志成，数钱也就是一种报复。

不过，常同志成做生意的人，提到志成屋里人时，打好字旗的还是很多。虽说他们称誉志成屋里人的原因是各人各样，如张公馆买菜那苗子是常同志成蹲到屠桌边喝过苞谷烧（酒），面馆老板金老满是从志成处曾得到过许多熬汤的骨头，老傩嫂子则曾于某一天早上称肉时由她手里多得一条脊髓。

……

志成，是一个矮胖子。他比他屋里人还胖，虽然他屋里人在我们看来，已就是像肚板油无着落，跑到耳朵尖上样子了。我所见的屠户，好像都一个二个是矮胖子似的。屠户的胖，可说是因为案桌上有的是肉，肉吃多了，脂肪质用不胜用，不由己地就串到皮上，膘壮起来。但矮却又是为什么缘故？也许杀猪要用劲擒猪，人便横到长起来了吧？但杀牛的却又多是瘦长子，这事情很难明白。

他这时正打起赤膊，两只肥白手杆，像用来榨粉的米粉粑粑一样：虽然大，却软巴巴的。他拿着一把四方大屠刀，为这个为那个割肉。遇到打肋上或颈项有硬骨撑着时，必须换那把厚背脊的大砍刀才济事,那时,他扬起刀来,唰喳一下,屠桌上的肉与他自己肩膊上的肉却一样震动好久。

"半斤——喂,老板,少来点儿骨吧,你莫豹子湾的鬼——单迷熟人![1]……"一个学徒似的少年说,他两只手上一边套上一个蓝布短袖筒,袖筒上还粘了些蜡烛油。

"这里四两,要用来剁饼饼肉的……这又是个六两的,要炒丝子……那不要,那不要,怎么四两肉送那么多帮老官(骨)?"最爱嚼精[2]的老卑说。

"老卑大,莫那么伶精吧,别人哪个又不搭一点呢。"志成屋里人插了一句嘴。

"志成伯伯,我半斤,要腿精。"又一个小孩子。

志成耳朵中似乎听惯了,若无其事的从容神气,实在值得夸奖。口里总只是说:"晓得,知道,好,晓……"几个字。

其实称肉的十多个挤挤挨挨都想先得肉,他又哪里能听到许多话?不过知道早饭菜的分两,总不外乎是——四两,六两,半斤,一斤,几个数目罢了!

这个要好的,那个要好的——哪里来有许多好肉让他割。所以志成口上虽然是照例那么"知道,好……"答应着,仍然不会于每个四两肉上便忘了把碎骨薄皮搭进去的道理。遇到你太爱挑剔时,他也会同你开句把玩笑,说是猪若是没有骨头哪里会走路。但只要她在那头说一声"这是万林妈伍家伯娘的四两,要好

---

[1] 豹子湾:凤凰城郊一地名。曾为杀人场所,传闻鬼多,且迷熟人。当地歇后语:"豹子湾的鬼——单迷熟人。"
[2] 嚼精:好辩。

的"时，他便照吩咐割一片间精搭肥的净肉。志成屋里人所以能得许多人打好字旗，这也许还是一个大原因吧。

真是亏他耐烦啊！有时加贝老太爷还跑到他案桌边来，说是喂猫崽，要他割十个躲钱的猪肝呢。其实他明知道这是加贝老太爷一种称肉经济的算盘，故意如此。接着还要走到杨三那张案桌上用喂猫名义割十文猪肉，到宋家那案桌去用喂狗或别的什么名义割十文花油，但你是做生意的人，不能得罪你照顾买卖的先生们，何况照顾你的又是全城闻名、最不好惹的这么一条宝货。并且志成知道加贝老太爷专会拿人的例，不卖的话你不敢说，就是"喂猫要用许多肝和油？"或是"你家有几只猫崽？"一类话也不敢问。所以除要扬不紧随意为他多割一点儿外，没有办法拒绝。

"哪，六两的钱。"一个穿印花格子布衣衫的小女孩，身子刚与屠桌一样高，手里提了一个小竹篮子，篮子内放了些辣子、两块水豆腐、四个鸡蛋、一束大蒜，小的手拿了六个铜元送到志成屋里人手中。"要半精半肥的！"又看着志成。

"好，精的。"志成口中还是照例答着。他那个"好"字似乎是从口里说得太多了，无论你听一百句几乎也难分出哪一句稍轻稍重。

小妹妹靠桌边站着，见志成屋里人把钱掷到钱筒时，一阵唏哩哗啦的响声，知道这就是自己刚才捏得热巴巴那大当十铜子的说话。她昂起头来。志成正拿刀齐到手割去，她心里暗暗佩服志成胆量大，不怕割掉手指。因为她自己不但前次弄大哥裁纸刀时划伤过一回手，流过许多血，到后得大姐为擦上牙粉才止；就是妈昨天剁酸辣子，手上也不经意就切去一块手指甲！

她头上那一对束有洋红头绳的蜻蜓辫，像两条小黑四脚蛇似的贴着头上动摇。她看到挂到木架子钩上猪胸腹里各样东西——肝、肺、心子、大肠、肚子、花油……另外一个钩子上还钩着一个拿来敬天王菩萨刮得白蒙白蒙了的猪脑壳。那些东西上面有些还滴着一点一点紫血到地下来。猪头的净白，她以为是街上担担子，担子一头有一根竖的小旗杆，旗杆上悬有块长方形灰色油腻磨刀布，那种剃头匠刮的。因为猪毛是这样粗，这样多，除了剃头刀那种锋利外，别样刀怕未必能够剃得去吧。

从肝上她想起妈前日到三姨妈家吃会酒转身带给她的网油卷。见到肠子，又记出每早上放在饭上的熟香肠——香肠卧处那里的饭变成黄色后好吃的味道来。但这时的肠子，上面还附着了些黄色黏液，这黏液不但像脓，竟很易令人想到那些拉稀的猪屎，她于是吐了一泡口水到地上，反转脸来看钱筒上那花亮的金字。

案桌上放的那一方坐墩肉，精的地方间不好久又跳动一下。好奇使她注了意……这时必定知道痛，单不会哭喊……她待想要用两个小小指头去试触一下，看它真果会喊不会时，那动的地方又另换过一处了。

"它还活呢！"

"妹你莫抓，那脏手哟！"

志成屋里人，一只手抚着她蜻蜓辫，一只手扳着篮边。

"妹，你娘娘崽崽天天都是肉！怎么今天又不同你大哥做一路来，却顾自买菜呢？"

"哥哥到省里读书去了，今早上天一亮就走的。"

"你妈怎么舍得——那二哥同你翠柳？"

"翠柳丫头不会买菜，二哥到学堂去了好久好久了——妈早上还哭呢。"

她觉得大哥出门是好的。虽然以后少一个人背她抱她，又不能再同大哥于每早上到杨喜喜摊子上买猪血油绞条吃了，但大哥走时所说的话却使她高兴。她于是便又把大哥如何答应她买一个会吐红舌的橡皮球，又带给一双黄色走路时叽咕叽咕叫喊的靴子……以及洋号的话一一同志成屋里人说了。

志成屋里人见那小女孩怕磕烂豆腐的样子，一只手提着篮子，那一只手扶着篮边，慢慢地挨着墙走去，用着充满了母性爱怜的眼光，一直把小孩印花布衣衫小影送到消失于一个担草担子的苗老妳身后，才掉过头来觑志成一眼。不知何故，她那肥宽脸庞上忽然浸出一块淡淡儿红晕来了。如果志成是细心的人，这可看出她是如何愿意也有这样一个小女孩在身边——他但能杀猪，却不……略略对志成抱憾的神气。

屠桌边已清闲了。

志成得了休息，倚立在高钱筒与案桌头之间，一只肥大的手掌撑着下巴，另一只手在那里拈着一根眉毛怕痛似的想扯下来。悬脏类物下面，有一只黑色瘦狗，尾巴夹在两胯间，在那里舐食地上腥血。

他们夫妇的视线都集在那一只黑瘦狗身上。

一九二五年四月十六日于北京

○○○夫妇

住到××村，以为可以从清静中把神经衰弱症治好的璜，有一天，正吃到晚饭，对于过于注意到自己饮食的居停主人，所办带血的炒小鸡感到束手。忽然听到有人在外面喊："看去看去，捉到一对东西！"喊的声音非常迫促，真如出了大事，全村中人皆有非看看不可的声势。不知如何，本来不甚爱看热闹的璜，也放下了饭碗，手拿着竹筷，走到门外大塘边看热闹去了。

出了门，还见到人向南跑，且匆匆传语给路人，说："在八道坡，在八道坡，非常好看的事！要去，就走，不要停了，恐怕不久会送到团上去！"

究竟是怎么回事，他是不得分明的。唯以意猜想，则既然是人人都想一看，自然是有趣味的东西了。然而在乡下，什么事即有趣，想来是不容易使城中人明白的。

他以为，或者是捉到了两只活野猪，也想去看看了。

随了那一边走路一边同路上人说话的某甲，匆匆向一些平时所不经过的小山路走去，转弯后，见到小坳上的人群了。人莫名其妙地包围成一圈，究竟这是什么事还是不能即刻明白。那某甲，仿佛极其奋勇地冲过去，把人用力推开。原来这聪明人看到璜也跟来看，以为有应当把乡下事情给城中客人看看的必需了，所以排除了其余的人。乡下人也似乎觉得这应给外客看看，着忙各闪开了。

一切展在眼前了。

所捉到的，原来是一对人。抱着看活野猪心情的璜分外失望了。

但许多人正因有璜来看，更对于这事本身多一种趣味了。人人皆用着仿佛"那城里人也见到了"的神气，互相作着会心的微笑。还有对他的洋服衬衫感到新奇的乡下妇人，作着"你城中穿这样衣服的人也有这事么"的疑问。璜虽知道这些乡下人望到他的发，望到他的皮鞋与起棱的薄绒裤，所感生兴味正不下于绳缚着那两人的事情，但仍然走近那被绳捆的人面前去了。

到了近身才使他更吓，原来所缚定的是一对年轻男女。男女皆为乡下人，皆年轻，女的在众人无怜悯的目光下不作一声，静静地流泪。不知是谁把女人头上插了极可笑的一把野花，女人头略动时那花冠即在空中摇摆，如在另一时看来，当有非常优美的好印象。

望到这情形，不必说话事情也分明了，这是属于年轻人才有的罪过。

某甲是聪明人，见到璜是"客"，却仍然来为璜解释这事。事情是这样：有人过南山，在南山坳里，大草积旁发现了这一对。这年轻人不避人地大白天做着使谁看来也生气的事情，所以发现这事的人，就聚了附近的汉子们把人捉来了。

捉来了，怎么处置？捉的人可不负责了。

既然已经捉来，大概回头总得把乡长麻烦，坐堂审案，这事人人都这样猜想。为什么非一定捉来不可，被捉的与捉人的两方面皆似乎不甚清楚。然而属于流汗喘气事自己无分，却把人捉到这里来示众的汉子们，这时对女人是俨然有一种满足，超乎流汗喘气以上的。妇女们走到这一对身边来时，各用手指刮脸，表示这是可羞的事，这些人，不消说是不觉得天气好就适宜于同男子做某种事情为应当了。老年人看了则只摇头，大概他们都把自己年轻时代性情忘掉，有了儿女，风俗一类的言语是有提倡的必需了。

微微的晚风刮到璜的脸上，听到山上有人吹笛，抬头望天，天上有桃红的霞，他心中就正想到，风光若是诗，必定不能缺少一个女人。

他想试问问被绳缚定如有所思垂了头那男子是什么地方来的人，总不是造孽。

男子先低头已见到璜的黑色皮鞋了。鞋不是他所习见的东西，虽不忘眼前处境，也仍然肆意欣赏了那黑色方头的皮鞋一番，且奇怪那小管的裤子了。这时听人问他，问的话不像审判官，就抬头来望璜。人虽不认识，但这人已经看出璜是同情自己的人了，把头略摇，表示这事的冤抑。

"你不是这地方人么？"

这样问，另外就有人代为答应，说不是。这说话的人自然是不至于错误的，因为他认识的人比本地所住人还多。尤其是女人，打扮和本村年轻女人不相同。他又是知道全村女子姓名的。但在璜没有来到以前，已经过许多人询问，皆没有得到回答。究竟是什么地方人，那好事的人也说不出。

璜又看看女人。女人年轻不到二十岁，一身极干净的月蓝麻布衣裳，脸上微红，身体颀长，风姿不恶。身体的确有略与普通乡下女人两样处，这时虽然在流泪，似乎全是为了惶恐，不是为羞耻。

璜疑心或者这是两个年轻人背了家人的私奔事，就觉得这两个年轻人很可怜。他想如何可以设法让这人离开这一群疯子才行。然而做居停主人的朋友进了城，此间团总当事人又不知是谁。在一群民众前面，或者真会做出比这时情形更愚蠢的事也不可知。这些人就并不觉得这管闲事的不合理。正这样想时，就听到有人提议了。

一个满脸疙瘩再加上一个大酒糟鼻子的汉子，像才喝了酒，把酒葫芦放下来到这里看热闹的样子,用大而有毛的手摸了女人的脸一下,在那里自言自语,主张把男女衣服剥下,一面拿荆条打,打够了再送到乡长处去。他还以为这样处置是顶聪明合理的处置。这人不惜大声地嚷着,提出这稀奇主张,若非另一个人扯了这汉子的裤子,指点他有"城里人"在此,说不定把话一说完,不必别人同意就会动手做他所想做的事。

另外有较之男子汉另有切齿意义,仿佛因为女人竟这样随便同男子在山上好风光下睡觉,极其不甘心的妇女,虽不同意脱去衣裤却赞成"打"。

小孩子听到这话,莫名其妙地欢喜,即刻便争着各处寻找荆条。他们是另一时常常为家中父亲用打牛的条子把背抽得太多,所以对于打贼打野狗野猫一类事,分外感到趣味了。

璜看到这情形太不行了,正无办法。恰在此时跑来一个在行伍中出身军人模样的人物。这人一来群众就起了骚动,大家争告给这人事件的经过,且各把意见提出。大众喊这人做练长,璜知道必定是本村有实力的人物了,且不作声,听他如何处置。

行伍中人模仿在城中所见到的营官阅兵神气,眉皱着,不言不语,只忧郁而庄严地望到众人,随后又看看周围,璜也被他看到了,似乎因为有"城中人"在,这汉子更非把身份拿出不可了,于是小孩子与妇人皆围近到他身边,成一圈,这汉子,就出乎众人意料以外地喝一声"站开!"

因这一喝各人皆踉踉跄跄退远了。众人都想笑又不敢笑。

这汉子,就用手中从路旁扯得的一根狗尾草,拂那被委屈的男子的脸,用税关中人盘诘行人的口吻问道:"从哪里来的?"

被问的男子,略略沉默了一会儿,又望望那练长的脸,望到这汉子耳朵边有一粒痣。他说："我是窑上的人。"

好像有了这一句口供已就够了的练长，又用同样的语气问女人，他问她姓。

"你姓什么？"

那女子不答，抬头望望审问她的人的脸，又望望璜。害羞似的把头下垂，看自己的脚。脚上的鞋绣得有双凤，是只有乡中富人才会穿的好鞋。这时有在夸奖女人的脚的无赖男子。那练长用同样微带轻薄的口吻问："你从哪里来的？不说我派人送你到县里去。"

乡下人照例怕见官，因为官这东西，在乡下人看来，总是可怕的一种东西。有时非见官不可，要官断案，也就正有靠这凶恶威风把仇人压下的意思，所以单是怕走错路，说进城，许多人就毛骨悚然了。

然而女人被绑到树下，与男子捆在一处，好像没有法，也不怕官了，她仍然不说话。

于是有人多嘴了，说"打"，还是老办法，因为这些乡下人平时爱说谎，在任何时见官皆非大板子皮鞭竹条不能把真话说出。所以他们之中记得打是顶方便的办法。

又有人说找磨石来，预备沉潭。这是恐吓。

又有人说喂尿给男子吃，喂女子吃牛粪。这是笑谑。

完全是这类近于孩子气的话。

听到这些话的男女皆不作声，不作声则仿佛什么也不怕。

这使练长愤然了，声音严厉了许多，仍然重复先前别人说的恐吓话，又像这完全是众人意见，既然有了违反众人的事，众人的裁判是正当的，城里做官的也无从反对。

女人摇着头，轻轻地轻轻地说："我是从窑上来的人，过黄坡看亲戚。"

听到女人这样说话的那男子，也怯怯地说话了，说："同路到黄坡。"

那问官就说："同逃？"

"不是，是同路。"

在"同路"不"同逃"的解释上众人推想，因为路上相遇才相好的，大家笑。

捉奸的乡下人，这时才从团上赶来，正找不到练长，回来见到练长了，欢喜得如见大王报功。他用他那略略显得狡猾的眼睛，望练长睐着，笑眯眯地说怎样怎样见到这一对无耻的青年在太阳下所做的事。事情的稀奇自然是"青天白日"，因为青天白日在本村人除了做工都应当打盹儿，别的似乎都不甚合理，何况所做的事更不是在外面做的事。

听完这话，练长自然觉得这是应当供众人用石头打死的事了，他有了把握。在处置这一对男女以前，他还想要多知道一点这人的身家，因为在方便中可以照习惯法律，罚这人一百串钱，或把家中一只牛牵到局里充公，他从中也多少叨一点光。有了这种思想的他，就仍然在那里讯取口供，不惮厌烦，而且神气也温和多了。

在无可奈何中，男子一切皆不能隐瞒了。

这人居然到后把男子的家中的情形完全知道了，财产也知道了，地位也知道了，家中人也知道了，得意地笑。谁知那被捆捉的男子，到后还说了下面的话。他说他就是女子的亲夫。因为新婚不久，同返黄坡女家去看岳丈，走到这里，看看天气太好，于是坐到那新稻草积旁看风景，看山上的花。那时风吹来都有香气，雀儿叫得人心腻，于是记起一些年轻人应做的事，于是到后就被捉了。

到男子说完这话，众人也仿佛从这男女情形中看出不是临时匹配的了。然而同时从这事上失了一种浪漫趣味，就更觉得这事非处罚不行了。对于罚款无分的，他们就仍然主张打了再讲。练长显然也因为男子说出是真夫妇，成为更彻底了的。

正因为是真实的夫妇，在青天白日下也不避人地这样做了一些事情，反而更引起一种只有单身男子才有的愤恨骚动，他们一面想望一个女人无法得到，一面却眼看到这人的事情，无论如何将不答应的，也是自然的事了。

从头至尾知道了这事的璜，先是也出于意外的一惊，这时同练长说话了，他要这练长把两人放了。练长望到璜的脸，大约在估计璜是不是洋人的翻译。看了一会儿，璜皮裤带边一个特别证被这人见到了，这人不愿意表示自己是纯粹乡下人，就笑着，想伸手给璜捏。手没有握成，他就在腿上搓自己那只手，起了小小反感，说："先生，不能放。"

"为什么？"

"我们要罚他，他欺侮了我们这一乡。"

"做错了事，赔赔礼，让人家赶路好了。"

那糟鼻子在众人中说："那不行，这是我们的事。"虽无言语但见到了璜在为罪人说话的男女，听到糟鼻子的话，就哄然和着。但当璜回过头去找寻这反对的人时，糟鼻子把头缩下，蹲到人背后抽烟去了。

糟鼻子一失败，于是就有附和了璜代罪人为向练长说好话的人了，这中间也有女人，就是非常害怕"城里人"那类平时极爱说闲话的中年妇人，可以谥之为长舌妇而无愧的。其中还有知道璜是谁的,就扯了练长黑香云纱的衣角,轻轻地告练长这是谁。听到了话的练长,知道敲诈不成,但为维持自己在众人面前的身份,虽知道面前站的是老爷,也仍然装着办公事人神气,说:"璜先生您对。不过我们乡下的事我不能做主,还有团总。"

"我去见你们团总,好不好?"

"那好吧,我们就去。我是没有什么的,只莫让本乡人说话就好了。"

练长的狡猾,璜早就看透了。说是要见团总,把事情推到团总身上去,他就跟了这人走。于是众人闪开了,预备让路。

他们同时把男女一对也带去了。一群人跟在后面看,一直把他们送到团总院子前,许多人还不曾散去。

天色夜了。

从团总处交涉得到了好的结果,狡猾的练长在璜面前无所施其伎俩,两个年轻的夫妇绳子在团总的院中解脱了。那练长,做成卖人情的样子,向那年轻妇人说:"你谢谢这先生。"

女人正在解除头上乡下人恶作剧为缠上的一束花,听到这话,就连花为璜作揖。这花她拿在手里并不弃去。那男子见了,也照样作揖。练长借故走了,这事情就这样以喜剧的形式收场了。

璜伴送这两个年轻乡下人出去,默无言语,从一些还不散去守在院外的愚蠢好事的人前过身,因为是有了璜的缘故,这些人才不敢跟随。他伴送他们到了上山路,站到那里不走了,才问他们饿了没有。男子说到黄坡赶得及夜饭。他又告璜这里去黄坡只六里路,并不远,虽天夜了,靠星光也可以走得到他的岳家。说到星光时三人同时望天,天上有星子数粒,远山一抹紫,夜景美极了。

璜说:"你们去好了,他们不会同你为难了。"

男子说:"先生住在这里,过几天我来看你。"

女人说:"天保佑你这好先生。"

那一对年轻夫妇就走了。

独立在山脚小桥边的璜,因微风送来花香,他忽觉得这件事可留一种纪念,想到还拿在女人手中的一束花了,遥遥地说:"慢点走,慢点走,把你们那一束花丢到地下,给了我。"

那女人笑着把花留在路旁,还在那里等候了璜一会儿,见璜不上来,那男子就自己往回路走,把花送来了。

人的影子失落到小竹丛后了。得了一把半枯的不知名的花的璜先生,坐到桥边,嗅着这曾经在年轻妇人头上留过很稀奇过去的花束,不可理解的心也为一种暧昧欲望轻轻摇动着。

他记起这一天来的一切事,觉得自己的世界真窄。倘若自己有这样的一个太太,他这时也将有一些看不见的危险伏在身边了,因此觉得住在这里是厌烦的地方了,地方风景虽美,乡下人与城市中人一样无味,他预备明后天进城。

自己有时常常觉得有两种笔调写文章,其一种,写乡下,则仿佛有与废名先生相似处。由自己说来,是受了废名先生的影响,但风致稍稍不同,因为用抒情诗的笔调写创作,是只有废名先生才能那种经济的。这一篇即又有这痕迹,读我的文章略多而又欢喜废名先生文章的人,他必能找出其相似中稍稍不同处的,这样文章在我是有两个月不曾写过了,添此一尾记自己这时的欣喜。

时七月十四日,天热。住楼上一天只是流汗。甲辰记。

一九二九年七月十四日毕

○ ○ ○ 如蕤

□ 秋天，仿佛春天的秋天

协和医院里三楼甬道上，一个头戴白帽身穿白长袍的年轻看护妇，手托小小白瓷盆子，匆匆忙忙从东边回廊走向西去。到楼梯边时，一个招呼声止住了她的脚步。

从二楼上来了一个女人，在宽阔之字形楼梯上盘旋，身穿绿色长袍，手中拿着一个最时新的朱红皮夹，使人一看有"绿肥红瘦"感觉。这女人有一双长长的腿子，上楼时便显得十分轻盈。年纪有了二十七八，由于装饰合法，又仿佛可以把她岁数减轻一些。但厣额之间，时间对于这个人所做的记号，却不能倚赖人为的方法加以遮饰。便是那写在口角眉目间的微笑，风度中也已经带有一种佳人迟暮的调子。

她不能说是十分美丽，但眉眼却秀气不俗，气派又大方又尊贵。身体长得修短合度，所穿的衣服又非常称身，且正因为那点儿"绿肥红瘦"的暮春风度，故使人在第一面后，就留下一个不易忘掉的良好印象。

这个月以来她因为每天按时来院中看一病人，同那看护已十分熟悉，如今在楼梯边见到了看护，故招呼着，随即快步跑上楼了。

她向那看护又亲切又温柔地说："夏小姐，好呀！"

那看护含笑望望喊她的人手中的朱红皮夹。

"如蕤小姐，您好！"

"夏小姐，医生说病人什么时候出院？"

"曾先生说过一礼拜好些，可是梅先生自己，上半天却说今天想走。"

"今天就走吗？"

"他那么说的。"

穿绿衣的不作声，把皮夹从右手递过左手。

穿白衣的看护仿佛明白那是什么意思，便接说着："曾先生说'不行'。他不签字，梅先生就不能出院。"

甬道上西端某处病房里门开了，一个穿白衣剃光头的男子，露出半个身子，向甬道中的看护喊："密司夏，快一点儿来！"

那看护轻轻地说："我偏不快来！"用眉目做了一个不高兴的表示，就匆匆地走去了。

如蕤小姐站在楼梯边一阵子，还不即走，看到一个年轻圆脸女孩，手中执了一把浅蓝色的大花，搀扶了一个青年优美的男子，慢慢地走下楼去。男子显得久病新瘥的样子，脸色苍白，面作笑容，女孩则脸上光辉红润，极其愉快。

一双美丽灵活的眼睛，随着那两个下楼人在之字形宽阔楼梯上转着，到后那丽影不见了，为楼口屏风掩着消灭了。这美丽的眼睛便停顿在楼梯边棕草毡上，那是一朵细小的蓝花。

"把我拾起来，我名字叫作'毋忘我草'。"

她弯下腰把它拾起来。

一张猪肝色的扁脸，从肩膀边擦过去。一个毛子军人把一双碧眼似乎很情欲地望着这女人一会儿，她仿佛感到了侮辱，匆匆地就走了。

不到一会儿，三楼三百十七号病房外，就有只戴着灰色丝织手套的纤手,轻轻地扣着门。里面并无声音,但她仍然轻轻地推开了那房门。门开后,她见到那个病人正披了白色睡衣,对窗外望,把背向着门边。似乎正在想到某样事情,或为某种景物堕入玄思,故来了客人,他却全不注意。

她轻轻地把门掩上,轻轻地走近那病人身边,且轻轻地说:"我来了。"

病人把头掉回,便笑了。

"我正想到为什么秋天来得那么快。你看窗外那株杨柳。"

穿绿衣的听到这句话,似乎忽然中了一击,心中刺了一下。装作病人所说的话与彼全无关系神气,温柔地笑着。

"少想些,秋来了,你认识它就得了,并不需要你想它。"

"不想它,能认识它吗?"

女人于是轻轻地略带解嘲的神气那么说:"譬如人,有些人你认识她就并不必去想她!"

"坐下来,不要这样说吧。这是如蕤小姐说话的风格,昨天不是早已说好不许这样吗?"

病人把如蕤小姐拉在一张有靠手的椅子旁坐下,便站在她面前,捏着那两只手不放:"你为什么知道我不正在念你?"

女人嘴唇略张,绽出两排白色小贝,披着优美卷发的头略歪,做出的神气,正像一个小姑娘常做的神气。

病人说:"你真像小孩子。"

"我像小孩子吗?"

"你是小孩子!"

"那么,你是个大人了。"

"可是我今年还只二十二岁。"

"但你有些方面，真是个二十二岁的大人。"

"你是不是说我世故？"

"我说我不如你那么……"

"得了。"病人走过窗边去，背过了女人，眉头轻微蹙了一下。回过头来时就说："我想出院了，那医生不让我走。"

女人说："忙什么？"随即又说，"我见到那看护，她也说曾医生以为你还不能出去。"

"我心里躁得很。我还有许多事……"

"你好些没有？睡得好不好？"

病人听到这种询问，似乎从询问上引起了些另一时另一事不愉快的印象，反问女人："你什么时候动身？"

女人不好回答，抬着头把一双水汪汪的眼睛望着病人，望了一会儿，柔弱无力地垂下去，轻轻地透了一口气，自言自语地说："什么时候动身？"

病人明白那是什么原因，就说："不走也好！北京的八月，无处景物不美。并且你不是说等我好了，出了院，就陪我过西山去住半个月吗？那边山上树叶极美，我欢喜那些树木。你若走了，我一个人可不想到那边去。你为什么要走？"

女的把头低着，带着伤感气氛说："我为什么要走？我真不知道！"

病人说："我想起你一首诗来了。那首名为《季蕤之谜》的诗，我记得你那么……"若说下去，他不知道应当说的是"寂寞"还是"多情善感"，于是他换了口气向女人说："外边一定很冷了，你怎么不穿紫衣？"

女人装作不曾听到这句话，无力地扭着自己那两只手套，到后又问:"你出了院,预备上山不预备上山?"

病人似乎想起了这一个月来病中的一切,心中柔和了,悄然说道:"你不走,你同我上山,不很好吗?你又一定要走。"

"我一定要走,是的,我要走。"

"我要你陪我!"

"你并不要我陪你!"

"但你知道……"

"但你……"

什么话也不必说了,两人皆为一件事喑哑了。

她爱他,他明白的,他不爱她,她也明白的。问题就在这里,三年来各人的地位还依然如故,并不改变多少。

他们年龄相差约七岁。一片时间隔着了这两个人的友谊,使他们不能不停顿到某一层薄幕前面。两人皆互相望着另外一个心上的脉络,却常常黯然无声地待着,无从把那个人的臂膊张开,让另一个无力地任性地卧到那一个臂膊里去。

▫ 夏天,热人闷人倦人的夏天

三年前,南国××暑假海滨学术演讲会上,聚集五十个年轻女人,七十个年轻男子,用帐幕在海边经营暑期生活。这些年轻男女皆从各大学而来,上午齐集在林荫里与临时搭盖的席棚里,听北平来的名教授讲学,下午则过海边浴场做海水浴,到了晚上,则自由演剧,放映电影,以及小组谈话会、跳舞会,同时分头举行。海边沙上与小山头,且常燃有火炬,焚烧柴堆,作为海上荡舟人与入山迷失归途的人指示营幕所在地。

女子中有个杰出的人物。××总长庶出的女儿，岭南大学二年级学生。这女子既品学粹美，相貌尤其丰丽。游泳、骑马、划船、击球，无不精通超人一等。且为人既活泼异常，又无轻狂佻野习气。待人接物，温柔亲切，故为全个团体所倾心。其中尤以一个青年教授，一个中年教授，两人异常崇拜这个女子。但在当时，这女孩子对于一切殷勤，似乎皆不甚措意。俨然这人自觉应永远为众人所倾心，永远属于众人，不能尽一人所独占，故个人仍独来独往，不曾被任何爱情所软化。

当她发觉了男子中即或年纪到了四十五岁，还想在自己身边装作天真烂漫的神气，认为妨碍到她自己自由时，就抛开了男子们，常常带领了几个年幼的女孩，驾了白色小船，向海中驶去。在一群女孩中间她处处像个母亲，照料得众人极其周到，但当几人在沙滩上胡闹时，则最顽皮最天真的也仍然推她。

她能独唱独舞。

她穿着任何颜色任何质料的衣服，皆十分相称，坏的并不显出俗气，好的也不显出奢华。

她说话时声音引人注意，使人快乐。

她不独使男子倾倒，所有女子也无一不十分爱她。

但这就是一个谜，这为上帝特别关切的女孩子，将来应当属谁？

就因为这个谜，集会中便有万千男子皆发着痴，心中思索着，苦恼着。林荫里、沙滩上、帐幕旁，大清早有人默默地单独地踱着躺着，黄昏里也同样如此。大家皆明白"条条大路通罗马"那句格言，却不明白有什么方法，可以把这颗心傍近这女人的心。"一切美丽皆使人痴呆",故这美丽的女孩,本身所到处,自然便有这些事情发生,同时也将发生些旁的使男子们皆显得可怜可笑的事情。

她明白这些,她却不表示意见。

她仍然超越于人类痴妄以上,又快乐又健康地打发每个日子。

她欢喜散步,海滨潮落后,露出一块赭色沙滩,齐平如茵褥,比茵褥更柔和。脚所践履处,皆起微凹,分明地印出脚掌或脚跟美丽痕迹。这沙滩常常便印上了一行她的脚迹。许多年轻学生,在无数脚迹中皆辨识得出这种特别脚迹,一颗心追数着留在那沙上那点儿东西,直至潮水来到,洗去了那东西时,方能离开。

每天潮水的来去,又正似乎是特别为洗去那沙上其他纵横凌乱的践履记号,让这女孩子脚迹最先印到这长沙上。

海边的潮水涨落因月而异。有时恰在中午夜半,有时又恰在天明黄昏。

有一天,日头尚未从海中升起,潮水已缩,淡白微青的天空,还嵌了疏疏的几颗白星,海边小山皆还包裹在银红色晓雾里,大有睡犹未醒的样子。沿海小小散步石道上,矗立在轻雾中的电灯白柱,尚有灯光如星子,苍白着脸儿。

她照常穿了那身轻便的衣服,披了一件薄绒背心,持了一条白竹鞭子,钻出了帐幕,走向海边去。晨光熹微中大海那么温柔,一切万物皆那么温柔,她饱饱地吸了几口海上的空气,便起始沿了尚有湿气与随处还留着绿色海藻的长滩,向日头出处的东方走去。

她轻轻地啸着,因为海也正在轻轻地啸着。她又轻轻地唱着,因为海边山脚豆田里,有初醒的雀鸟也正在轻轻地唱着。

有些银色的雾,流动在沿海山上,与大海水面上。

这些美丽的东西会不会到人的心头上?

望到这些雾她便笑着。她记起蒙在她心头上一张薄薄的人事网子。她昨天黄昏时,曾同一个女伴,坐到海边一个岩石上,听海涛呜咽,波浪一个接着一个撞碎在岩石下。那女子年纪不过十七岁,爱了一个牧师的儿子,那牧师儿子却以为她是小孩子,一切打算皆由于小孩子的糊涂天真,全不近于事实所许可。那牧师儿子伤了她的心。她便一一诉说着,且说他若再只把她当小孩,她就预备自杀给他看。问那女孩子:"自杀了,他会明白吗?除了自杀难道就并无别的办法让他明白吗?而且,是不是当真爱他?爱他即或是真的,这人究竟有什么好处?"那女孩沉默了许久,昂起头带着羞涩的眼光,却回答说:"我自己也不知道这是怎么回事。他所有好处在别个男孩子品性中似乎皆可以发现,我爱他似乎就只是他不理我那份骄傲处。我爱那点儿骄傲。"当时她以为这女孩子真正是小孩子。

但现在给她有了一个反省的机会。她不了解这女孩子的感情,如今却极力来求索这感情的起点与终点。

爱她的人可太多了,她却不爱他们。她觉得一切爱皆平凡得很,许多人皆在她面前见得又可怜又好笑。许多人皆因为爱了她把他自己灵魂、感情、言语、行为,某种定型弄走了样子。譬如大风,百凡草木皆为这风而摇动,在暴风下无一草木能够坚凝静止,毫不动摇。她的美丽也如大风。可是她希望的正是永远皆不动摇的大树,在她面前昂然地立定,不至于为她那点儿美丽所征服。她找寻这种树,却始终没有发现。

她想:"海边不会有这种树。若需要这种树,应当深山中去找寻。"

的的确确,都市中人是全为一个都市教育与都市趣味所同化,一切女子的灵魂,皆从一个模子里印就,一切男子的灵魂,又皆从另一模子中印出,个性特性是不易存在,领袖标准是在共通所理解的榜样中产生的。一切皆显得又庸俗又平凡,一切皆转成为商品形式。便是人类的恋爱,没有恋爱时那份观念,有了恋爱时那份打算,也正在商人手中转着,千篇一律,毫不出奇。

海边没有一株稍稍倔强的树,也无一个稍稍倔强的人。为她倾倒的人虽多,却皆在同样情形下露出蠢相,做出同样的事情,世故一些的先是借些别的原因同在一处,其次就失去了人的样子,变成一只狗了。年纪轻些的,则就只知写出那种又粗鲁又笨拙的信,爱了就谦卑谄媚,装模作样,眼看到自己所做的糊涂样子,还不能够引动女人,既不知道如何改善方法,便做出更可笑的表示,或要自杀,或说请你好好防备,如何如何。一切爱不是极其愚蠢,就是极其下流,故她把这些爱看得一钱不值了。

真没有一个稍稍可爱的男子。

她厌倦了那些成为公式的男子,与成为公式的爱情。她忽然想起那个女孩口中的牧师儿子。她为自己倏然而来飘然而逝的某种好奇意识所吸引,吃了点儿惊。她望望天空,一颗流星正划空而逝,于是轻轻地轻轻地自言自语说道:"逝去的,也就完事了。"

但记忆中那颗流星,还闪着悦目的光辉。"强一些,方有光辉!"她微笑了,因为她自觉是极强的。然而在意识之外,就潜伏了一种欲望,这欲望是隐秘的,方向暧昧的。

左拉在他的某篇小说上,曾提及一个贞静的女人,拒绝了所有向她献媚投诚的一群青年绅士,逃到一个小乡村后,却坦然尽一个粗鲁的农夫,在冒昧中吻了她的嘴唇同手足。骄傲的妇人厌倦轻视了一切柔情,却能在强暴中得到快感。

她记起了左拉那篇小说。那作品中从前所不能理解的，现在完全理解了，倘若有那么凑巧的遭遇，她也将如故事所说，"毫不拒绝地躺到那金黄色稻草秸上去"。固执的热情，疯狂的爱，火焰燃烧了自己后还把另外一个也烧死，这爱情方是爱情！

但什么地方有这种农夫？所有农夫皆大半饿死了。这里则面前只是一片沙，一片海。

民族衰老了，为本能推动而做成的野蛮事，也不会再发生了。都市中所流行的，只是为小小利益而出的造谣中伤，与为稍大利益而出的暗杀诱捕。恋爱则只是一群阉鸡似的男子，各处扮演着丑角喜剧。

她想起十个以上的丑角，温习这些自作多情的男子各种不得体的爱情，不愉快的印象。

她走着，重复又想着那个不识面的牧师儿子。这男子，十七岁的女子还只想为他自杀哩，骄傲的人！

流星，就是骑了这流星，也应当把这种男子找到，看他的骄傲，如何消失到温柔雅致体贴亲切的友谊应对里。她记着先前一时那颗流星。

日光出来了，烧红了半天，海面一片银色，为薄雾所包裹。

早日正在溶解这种薄雾。清风吹人衣袂如新秋样子。

薄雾渐渐溶解了，海面光波耀目，如平敷水银一片。不可逼视。

炫目的海需要日光，炫目的生活也需要类乎日光的一种东西。这东西在青年绅士中既不易发现，就应当注意另外一处！

当天那集会里应当有她主演的一个戏剧。时间将届时，各处找寻这个人，皆不能见到。有人疑心她或在海边出了事，海边却毫无征兆可得。于是有人又以可笑的测度，说她或者走了，离开这里了，因此赴她独自占据的小帐幕中去寻觅，一点儿简单行李虽依然在帐幕里，却有个小小字条贴在撑柱上，只说："我不高兴再到这里，我走了，大家还是快乐地打发这个假期吧。"大家方明白这人当真走了。

也像一颗流星，流星虽然长逝了，在人人心中，却留下一个光辉夺目的记号。那件事在那个消夏会中成为一群人谈论的中心，但无一个人明白这标致出众的女人，为什么忽然独自走去。

日头出自东方，她便向东方注意，坐了法国邮船向中国东部海岸走去。她想找寻使她生活放光同时她本身也放光的一种东西。她到了属于北国的东方另一海滨。

那里有各地方来的各样人，有久住南洋带了椰子气味的美国水兵，有身着宽博衣裳的三岛倭人，有流离异国的北俄人，有庞然大腹由国内各处跑来的商人政客，有……

她并不需要明白这些。她住到一个滨海著名旅馆中后，每日皆默默地躺到海滩白沙大伞下眺望着大海太空的明蓝。她正在用北海风光，洗去留在心上的南海厌人印象。她在休息，她在等待。

有时赁了一匹白马，到山上各处跑去，或过无人海浴处，沿了潮汐退尽的沙滩上跑去。有时又一人独自坐在一只小艇内，慢慢地摇着小桨，把船划到离岸远到三里五里的海中，尽那只小艇在一汪盐水中漂流荡漾。

陌生地方陌生的人群，却并不使她感到孤寂。在清静无扰孤独生活中，她有了一个同伴，就是她自己的心。

当她躺在沙上时，她对于自然与对于本性，皆似乎多认识了一些。她看一切，听一切，分析一切，皆似乎比先前明澈一些。

尤其使她愉快的，便是到了这地方来，若干游客中，似乎并无一个人明白她是谁，虽仿佛有若干双陌生的眼睛，每日皆可在沙滩中无意相碰，她且料想到，这些眼睛或者还常常在很远处与隐避处注视到她，却并无什么麻烦。一个女子即或如何厌烦男子，在意识中，也仍然常常有把这种由于自己美丽使男子现出种种蠢相的印象，作为一种秘密悦乐的时节。我们固然不能欢喜一个嗜酒的人，但一个文学者笔下的酒徒，却并不使我们看来皱眉。这世界上，也正有这若干种为美所倾倒的人类可怜悯的姿态，玩味起来令人微笑！

划船是她所擅长的运动，青岛的海面早晚尤宜于轻舟浮泛。有一天她独自又驾了那白色小艇，打着两桨，沿海向东驶去。

东方为日头所出的地方，也应当有光明热烈如日头的东西，等待在那边。可是所等待的是什么？

在东方除了两个远在十里以外金字塔形的岛屿以外，就只一片为日光镀上银色的大海。这大海上午是银色，下午则成为蓝色，放出蓝宝石的光辉。一片空阔的海，使人幻想无边的海。

东边一点儿，还有两个海湾，也有沙滩，可以做海水浴，游人却异常稀少。

她把船慢慢地划去，想到了第三个海湾时为止。她欢喜从船上看海边景物。她欢喜如此寂寞地玩着，就因她早为热闹弄疲倦了。

当船摇到离开浴场约两里，将近第三海湾，接近名为太平角的山岨时，海上云物奇幻无方，为了看云，忘了其他事情。

盛夏的东海，海上有两种稀奇的境界，一是自海面升起的阵云，白雾似的成团成饼从海上涌起，包裹了大山与一切建筑；一是空中的云彩，五色相煊，尤以早晨的粉红细云与黄昏前绿色片云为美丽。至于中午则白云嵌镶于明蓝天空,特多变化,无可仿佛,又另外有一番惊人好处。

她看的是白云。

到后夏季的骤雨到了,挟以雷声电闪,向海面逼来,海面因之咆哮起来,各处是白色波帽,一切皆如正为一只人目难于瞧见的巨手所翻腾,所搅动。她匆忙中把船向近岸处尽力划去。她向一个临海岩壁下划去。她以为在那方面当容易寻觅一个安全地方。

那一带岩石的海岸,却正连续着有屋大的波浪,向岩石撞去,成为白沫。船若傍近,即不能不与一切同归于尽。

船离岩壁尚远,就倾覆了,她被波浪卷入水中后,便奋力泅着。

头上是骤雨与吓人的雷声,身边是黑色愤怒的海,她心想:"这不是一个坏经验!"她毫不畏怯,以为自己的能力足支持下去,不会有什么不幸。她仍然快乐地向前泅去。

她忽然记起岩壁下海面的情形,若有船只,尚可停泊,若属空手,恐怕无上岸处,故重复向海中泅去,再看看方向,观察从某一方泅去,可以省事一些,方便一些。

她发现了她应当向东泅去,则可在第二海湾背风的一面上岸。

她大约还应泅半里。她估计她自己能力到岸有剩余,故她毫不忙乱。

但到后离岸只有二百米左右时,她的气力已不济事了,身体为大浪所摇撼,她感觉疲倦,以为不能拢岸,行将沉入海底了。

她被波浪推动着。

她把方向弄迷了,本应当再向东泅去,忽又转向南边一点儿泅去。再向南泅去,她便将为浪带走,摔碎到岩石上。

当她在海面挣扎中,被一只强而有力的手臂攫住头发,带她向海岸边泅去时,她知道她已得了救助,她手脚仍然能够拍水分水,口中却喑哑无言,到岸时便昏迷了。那人把她抱上了岸,尽她俯伏着倒出了些咸水,后来便让她卧下,蹲在她身边抚摩着手心。

她慢慢地清楚了。张开两只眼睛,便看到一个黑脸长身青年俯伏在她身边。她记起了前一时在水中种种情形,便向那身边陌生男子孱弱地笑着,做的是感谢的微笑。她明白这就是救她出险的男子,她想起来一下,男子却把手摇着,制止了她。男子也微笑着,也感谢似的微笑着,因为他显然在这件事情上得到了最大的快乐。

她闭上眼睛时,就看到一颗流星,两颗流星。这是流星还是一个男孩子纯洁清明的眼睛呢?

她迷糊着。

重新把眼睛睁开时,那陌生青年男子因避嫌已站远了一些。她伸出手去招呼他。且让他握着那只无力的手。于是两人皆微笑着。一句"感谢"的话语溶解成为这种微笑,两人皆觉得感谢。

年轻人似乎还刚满二十岁,健全宽阔的胸脯,发育完美的四肢,尖尖的脸,长长的眉毛,悬胆垂直的鼻头,带着羞怯似的美丽嘴唇,无一不见得青春的力与美丽。

行雨早过了,她望着那男子身后天空,正挂着一条长虹。女人说:"先生,这一切真美丽!"

那男子笑了,也点头说:"是的,太美丽了!"

"谢谢您,没有您来带我一手,我这时一定沉到这美丽海底,再不能看到这种好景致了。为什么我在海中你会见到?"

"我也划了一只船来的,我看看云彩,知道快要落雨了,故把船泊近岸边去。但我见到你的白船,我从草帽上知道您是个小姐,我想告你一下,又不知道如何呼喊您。到后雨来了,我眼看着你把船尽力向岸边划来,大声告你不能向那边岩壁下划去,你却不能听到。我见你把船向岩边靠拢,知道小船非翻不可,果然一会儿就翻了,我方从那边跳下来找你。"

"你冒了险做这件事,是不是?"

男子笑着,承认了自己的行为。

"你因为看清楚我是个女人,故那么勇敢从悬岩上跃下把我救起,是不是?"

那男子羞怯似的摇着头,表示承认也同时表示否认。

"现在我们已经成为朋友了,请告我些你自己的事情吧,我希望多知道些,譬如说,你住在什么地方?在什么学校念书?家里有些什么人,家中人谁对你最好,谁最有趣?你欢喜读的书是哪几本?"

"我姓梅……"

"得了,好朋友是用不着明白这些的。这对我们友谊毫无用处。你且告我,你能够在这一汪咸水里尽你那手足之力,泅得多远?"

"我就从不疲倦过。"

"你欢喜划船吗?"

"我有时也讨厌这些船。"

"你常常是那么一个人把船划到海中玩着吗?"

"我只是一个人。"

"我到过南方。你见不见到过南方的大棕榈树同凤尾草?"

"我在黑龙江黑壤中长大的。"

"那么你到过北京城了?"

"我在北京城受的中学教育。"

"你不讨厌北京吗？"

"我欢喜北京。"

"我也欢喜北京。"

"北京很好。"

"但我看得出你同别的人欢喜北京不同。别人以为北京一切是旧的，一切皆可爱。你必定以为北京罩在头上那块天，踏在脚下那片地，四面八方卷起黄尘的那阵风，一些无边无际那种雪，莫不带点儿野气。你是个有野性的人，故欢喜它，是不是？"

这精巧的阿谀使年轻男子十分愉快。他说："是的，我当真那么欢喜北京，我欢喜那种明朗粗豪风光。"

女子注意到面前男子的眉目口鼻，心中想说："这是个小雏儿，不济事，一点点温柔就会把这男子灵魂高举起来！你并不欢喜粗野，对于你最合适的，恐怕还是柔情！"

但这小雏儿虽天真却不俗气。她不讨厌他。她向他说："你傍我这边坐下来，我们再来谈谈一点儿别的问题，会不会妨碍你？你怕我吗？"

青年人无话可说，只好微带腼腆站近了一点儿，又把手遮着额部，眺望海中远处，吃惊似的喊着："我们的船并不在海中，一定还在岩壁附近。"

他们所在的地方，已接近沙滩，为一个小阜上，却被树林隔着了视线，左边既不能见着岩壁，右边也看不到沙滩，只是前面一片海在脚下展开。年轻男子走过左边去，不见什么，又走过右边去，女人那只白色小艇正斜斜地翻卧在沙滩上，赶忙跑回来告给女人。

女的口上说："船坏了并不碍事。"心中却想着："应当有比这小船儿更坚固结实的'小船',容载这个心,向宽泛无边的大海中摇去!"她看看面前,却正泊着一只理想的小船。强健的胳膊,强健的灵魂,一切皆还不曾为人事所脏污。如若有所得地微笑着,她几乎是本能地感到了他们的未来一切。

她觉得自己是美丽的,且明白在面前一个人眼光中,她几乎是太美丽了。她明白他曾又怯又贪注意过她的身体的每一部分。她有些羞恶,但她却不怕他也不厌烦他。

他毫无可疑,只是一个大学一年生,一切兴味同观念,就是对女人的一份知识,也不会离开那一年级生的限制。他读书并不多,对于人生的认识有限,他慢慢地在学习都市中人的生活,他也会成为庸碌而无个性的城市中人。她初初看他,好像全不俗气,多谈了几句话,就明白凡是高级中学所输入于学生的那份坏处,这个人也完全得到他应得的一份。但不知怎么样的稀奇的原因,这带着乡下人气分的男子,单是那点儿野处单纯处,使她总觉得比绅士有意思些。他并不十分聪明,但初生小犊似的,天下事什么都不怕的勇气,仿佛虽不使他聪明,却将令他伟大。真是的,这孩子可以伟人起来!

她问他:"你每天洗海水浴吗?"

他点着头,故她又问:"你到什么时候方离开这海滨?"

"我自己也不知道。"

"自己应当知道自己。想怎么样就怎么样,你难道不想吗?"

"我想也没有用处。"

"你这是小孩子说法,还是老头子说法?小孩子,相信爸爸,因为家中人管束着他,可以那么说。老头子相信上帝,因为一切事皆以为上帝早有安排,故常常也不去过分折磨自己情感。

你……"

女的说到这里时,她眼看着身边那一个有一分害羞的神气,她就不再说下去了。她估计得出他不是个"老头子"。她笑了。

那男子为了有人提说到小孩与老人,意思正像请他自行挑选,他便不得不说出下面的话语。

"我跟了我爸爸来的。我爸爸在××部里做参事,有人请我们上崂山去,我在山上住了两天厌倦了,独自跑回来了,爸爸还在山上作诗!"

"你爸爸会作诗吗?"

"他是诗人,他同梁任公夏××曾……"

"啊,你是××先生的少爷吗?"

"你认识我爸爸吗?"

"在××讲演时我见过一次,我认得他,他不认识我。"

"你愿不愿意告给我……"

女的想起了自己来此本不愿意另外还有人知道她的打算了,她实极不愿意人家知道她是××总长的小姐,她尤其不愿意想傍近她的男子,知道她是个百万遗产的承继人。现在被问到时,她一时不易回答,就把手摇着,且笑着,不许男的询问。且说:"崂山好地方,你不欢喜吗?"

"我怕寂寞。"

"寂寞也有寂寞的好处,它使人明白许多平常所不明白的事情。但不是年轻人需要的,人年纪轻轻的时节,只要的是热闹生活,不会在寂寞中发现什么的。"

"你样子像南方人,言语像北方人。"

"我的感情呢,什么都不像。"

"我似乎在什么地方看过你。"

"这是句绅士说的话,绅士看到什么女人,想同她要好一点儿时,就么说,其实他们在过去任何一时皆并不见到,他那句话意思也不过是说'我同你熟了'或'看你使人舒服'罢了。你是不是这意思?"

男的有点儿羞怯了,把手去抓取身边的小石子,奋力向海中掷去,要说什么又不好说,不敢说。其实他记忆若好一点儿,就能够说得出他在某种画报上看到过她的相片。但他如今一时却想不起。女的希望他活泼点儿,自由点儿,于是又说:"我们应当成为很好的朋友,你说,我是怎么样一种人?"

男的说:"我不知道你是怎么样身份的人,但你实在是个美人!"

听到这种不文雅的赞美,女的却并不感觉怎样难堪。其实他不必说出来,她就知道她的美丽早已把这孩子眼目迷乱了。这时她正躺着,四肢匀称柔和,她穿的原是一件浴衣,浴衣外面再罩了一件白色薄绸短褂。这短褂落水时已弄湿,紧紧地贴着身体,各处襞皱着。她这时便坐了起来,开始脱去那件短褂,拧去了水,晾到身边有太阳处去。短褂脱掉后,这女人发育合度的肩背与手臂,以及那个紧束在浴衣中典型的胸脯,皆收入了男子的眼底。

男子重新拾起了一粒石子,奋力向海中抛去,仿佛那么一来,把一点儿引起妄想的东西同时也就抛入了海中。他说:"得把它摔得极远极远,我会做这件事!"但石子多着,他能摔尽吗?

女的脱掉短褂后,站起来活动了一下四肢,也拾起了一粒石子向海中摔去,成绩似乎并不出色,女的便解嘲一般说道:"这种事我不成,这是小孩子做的事!"

两人想起了那只搁在浅滩上的小船,便一同跑下去看船,从水边拉起搁到沙上,且坐在那船边玩。玩得正好,男的忽向先前两人所在的小阜上跑去,过一会儿,才又见他跑回来,原来他为的是去拿女人那件短裤!把短裤拿来时晾到船边,直到这时两人似乎才注意到这个男子身上所穿的衣服,不是入水的衣服。这男孩子把船从浴场方面绕过炮台摇来时,本不预备到水中去,故穿的是一件白色翻领衬衫,一件黄色短裤。当时因为匆忙援救女子,故从岩壁上直向海中跳下,后来虽离了险境,女子苏醒了,只顾同她谈话,把自己全身也忘记了。

若干时以来,湿衣在身上还裹着,这时女子才说:"你衣全湿了,不好受吧?"

"不碍事。"

"你不脱下衣拧拧吗?"

"不碍事,晒晒就干了。"

男子一面用木枝画着沙土,一面同女子谈了很多的话。他告给她,关于他自己过去未来的事情,或者说得太多了些,把不必说到的也说到了,故后来女人就问他是不是还想下海中去游泳一阵。他说他可以把小船送她回到惠泉浴场去,她却告他不必那么费事,因为她的船是旅馆的,走到前面去告给巡警一声,就不再需要照料了。她自己正想坐车回去。

其实她只是因为同这男子太接近了,无从认清这男子。她想让他走后,再来细细玩味一下这件凑巧的奇遇。

她爬上小阜去,眼看那男孩子上了船,把船摇着离开了海岸后,这方面摇着手,那方面也摇着手,到后船转过峭壁不见了,她方重新躺下,甜甜地睡了一阵。

他们第二天又在浴场中见了面。

他们第三天又把船沿海摇去，停泊在浴人稀少的长沙旁小湾里，在原来树林里玩了半天。分别时，那女孩子心想："这倒是很好的，他似乎还不知道说爱谁，但处处见得他爱我！"她用的是快乐与游戏心情，引导这个男孩子的感情到了一个最可信托的地位。她忘了这事情的危险。弄火的照例也就只因为火的美丽，忘了一切灼手的机会。

那男孩子呢？他欢喜她。他在她面前时，又活泼，又年轻，离开她时，便诸事毫无意绪。他心乱了。他还不会向她说他爱了她，他并不清楚什么是爱。

她明白他是不会如何来说明那点儿心中烦乱的爱情的，她觉得这些方面美丽处，永远在心上构成一条五色的虹。

但两人在凑巧中成了朋友，却仍然在另一凑巧中发生了点儿误会，终于又离开了。

◼ 一个极长的冬天

那年秋天他转入了北京的工业大学理科。她也到了北京入了燕京教会大学的文科二年级。

他们仍然见了面。她成了往日在南海之滨所见到的一个十七岁女孩子，非得到那个男孩子不成了。

她爱了他。他却因为明白了她就是一个官僚的女子，且从一些不可为据的传闻上，得到这个女人一些故事，他便尽避着她。

年龄同时形成两人间一种隔阂，女人却在意外情形中成为一个失恋者。在各样冷淡中她仍然保持到她那份真诚。至于他呢？还只是一个二十一岁的孩子，气概太强了点儿，太单纯了点儿，只想在化学中将来能有一份成就，对于国家有所贡献。这点儿单纯处使他对于恋爱看得与平常男子不同了。事实上他还是个小孩子，有了信仰，就不要恋爱了。

如此在一堆无多精彩的连续而来的日子中，打发了将近一千个日子。两人只在一份亲切友谊里自重地过着下去。

到后却终于决裂了，女人既已毕了业，且在那个学校研究院过了一年，他也毕业了。她明白这件事应得有一个结束，她便结束了这件事，告给他，她已预备过法国去。那男的只是用三年来已成习惯的态度，对于她所说的话表示同意，他到后却告她，他只想到上海一家酸类工厂做助理技师，积了钱再出国读书。

她告他只要他想读书，她愿意他把她当个好朋友，让她借给他一笔钱。他就说他并不想这样读书，这种读书毫无意思。

他们另外还说了别的，这骄傲美丽的男子，差不多全照上面语气答复女子。

她到后便什么话也不说，只预备走了。

他恰好于这时节在实验室中了毒。

后来入了医院，成为协和医院病房中一位常住者，病房中病人床边那张小椅子上，便常常坐了那个女子。

人在病中性情总温柔了些。

他们每天温习三年前那海上一切，这一片在各人印象中的海，颜色鲜明，但两人相顾，却都不像从前那么天真了。这病对于女人给许多机会，使女人的柔情，在各种小事上，让那个躺在白色被单里的病人，明白它，领会它。

◘ **春天，有雪微融的春天。不，黄叶做证。
这不是春天！**

一辆汽车停顿在西山饭店前门土地上，出来了一个男子，一个颀长俊美的男子，一个女人，一个穿了绿色丝质长袍的女人，两人看了三楼一间明亮的房间。一会儿，汽车上的行李，一个黄衣箱，一个黑色打字机小箱，从楼下搬来时，女人告给穿制服的仆役，嘱告汽车夫，等一点钟就要下山。

过了一点钟后，那辆汽车在八里庄坦平官道上向城中跑去时，却只是一辆空车。

将近黄昏时，男子拥了薄呢大衣，伴同女人立定在旅馆屋顶石栏杆边，望一抹轻雾流动于山下平田远村间，天上有赧霞如女人脸庞。天空东北方角隅里，现出一粒星星，一切皆如梦境。旅馆前面是上八大处的大道，山道上正有两个身穿中学生制服的女孩子，同一个穿翻领衬衣黄色短裤子的男子，向旅馆看门人询问上山过某处的道路。一望而知这些年轻人皆是从城中结伴上山来旅行的。

女人看看身旁久病新瘥的男子，轻轻地透了口气。

去旅馆大约半里远近，有一个小小山阜，阜上种的全是洋槐，那树林浴在夕阳中，黄色的叶子更觉得耀人眼目。男子似乎对于这小阜发生了兴味，向女人说："我们到那边去看看好不好？"

女人望了一望他的脸儿，便轻轻地说："你不是应当休息吗？"

"我欢喜那个小山。"男的说，"这山似乎是我们的……"

"你不能太累！"女的虽么说，却侧过了身，让男的先走。

"我精神好极了，我们去玩玩，回来好吃饭。"

两人不久就到了那山阜树林。这里一切恰恰同数年前的海滨地方一样，两人走进树林时，皆有所惊讶，不约而同急促地举步穿过树林，仿佛树林尽处，即是那片变化无方的大海。但到了树林尽头处，方明白前面不是大海，却只是一个私人的坟地。女的一见坟地，为之一怔，站着发了痴。男的却不注意到这坟地，只愉快地笑着。因为更远处，夕阳把大地上一切皆镀了金色，奇景当前，有不可形容的瑰丽。

男子似乎走得太急促了一些，已微微作喘，把手递给女子后，便问女子这地方像不像一个两人十分熟悉的地方。她听着这个询问时，轻微地透了一口气，勉强笑着，用这个微笑掩饰了自己的感情。

"回忆使人年轻了许多。"男的自语地说着。

但那女的却自心中回答着："一个人用回忆来生活，显见得这人生活也只剩下些残余渣滓了。"

晚风轻轻地刷着槐树，黄色叶子一片一片落在两人身上与脚边，男子心中既极快乐，故意做成感慨似的说："夏天过了，春天在夏天的前面，继着夏天而来的是秋天。多美丽的秋天！"

他说着，同时又把眼睛望着有了秋意的女人的眼、眉、口、鼻。她的确是美丽的，但一望而知这种美丽不是繁花压枝的三月，却是黄叶满地的八月。但他现在觉得她特别可爱，觉得那点儿妩媚处，却使她超越了时间的限制，变成永远天真可爱，永远动人吸人的好处了。他想起了几年来两人间的关系，如何交织了眼泪与微笑。他想起她因爱他而发生的种种事情，他想起自己，几年来如何被爱，却只是初初看来好像故意逃避，其实说来则只漫无理性地拒绝，便带了三分羞惭，把一只手向女人伸去，两人握着了手，眼睛对着眼睛时，他便抱歉似的轻轻地说："我快乐得很。我感谢你。"

女人笑了。瞳子湿湿的，放出晶莹的光。一面愉快地笑，一面似乎也正孤寂地有所思索，就在那两句话上，玩味了许久，也就正是把自己嵌入过去一切日子里去。

过了一会儿，女人说："我也快乐得很。"

"我觉得你年轻了许多，比我在山东那个海边见你时还年轻。"

"当真吗？"

"你看我的眼睛，你看看，你就明白你的美丽处，如何反映在一个男子惊讶上！"

"但你过去并从不为什么美丽所惊讶，也不为什么温柔所屈服。"

"我这样说过吗？"

"虽不这样说过，却有这样事实。"

他傍近了她，把另一只手轻轻地搭上她的肩部，且把头靠近她鬓边去。

"我想起我自己糊涂处，十分羞惭。"

她把脸掉过去，遮饰了自己的悲哀，却轻轻地说道："看，下面的村子多美！"

男子同一个小孩子一样，走过她面前去，搜索她的脸，她便把头低下去，不再说话。他想拥她，她却向前跑了。前面便是那个不知姓氏的坟园短墙，她站在那里不动，他赶上前去把她两只手皆捏得紧紧的，脸对着脸，两人皆无话可说。两人皆似乎触着一样东西，喑哑了，不能用口再说什么了。

女的把一只白白的手摩着男的脸颊同胳膊："冷不冷？夜

了，我们回去。"男的不说什么，只把那只手拖过嘴边吻着。

两人默默地走回去。

到旅馆后，男的似乎还兴奋，躺在一张靠背椅上，女的则站在他的身边，带着亲切的神气，把手去抚男子的额部，且轻轻地问他："累不累？头昏不昏？"

男的便仰起头颅，看到女人的白脸，做将近第五十次带着又固执又孩气的模样说："我爱你。"

女的笑说："不爱既不必用口说我就明白，爱也可以无须用口说。"

男的说："还生我的气吗？"

女的说："生你什么气？生气有什么用处？"

两人后来在煤油灯下吃了晚饭。饭吃过后，女的便照医生所嘱咐的把两种药水混合到一个小瓶子里，轻轻地摇了一会儿，再倒出到白瓷杯子里去。

服过了药，男的躺在床上，女的便坐在床边，同他来谈说一切过去事情。

两人谈到过去在海边分手那点儿误会时，男的向女的说："……你不是说过让我另外给你一个机会，证明你是个什么样的人吗？我问你，究竟是什么样的机会？"

女的不说什么，站起了一下，又重复坐下去，把脸贴到男的脸边去。男的只觉得香气醉人，似乎平时从不闻过这种香味。

第二天早上约莫八点钟，男的醒来时，房中不见女人，枕头边有个小小信封，一个外面并不署名，一拓到手中却知道有信件在里面的白色封套。撕去了那个信封的纸皮，里面果然有一张写了字的白纸，信上写着：

我不知为什么，总觉得走了较好，为了我的快乐，为了不委屈我自己的感情，我就走了。莫想起一切过去有所痛苦，过去既成为过去，也值不得把感情放在那上面去受折磨。你本来就不明白我的。我所希望的，几年来为这点儿愿心经验一切痛苦，也只是要你明白我。现在你既然已明白我，而且爱了我，为了把我们生命解释得更美一些，我走了，当然比我同你住下去较好的。

你的药已配好，到时照医生说的方法好好吃完，吃后仍然安静地睡觉。学做个男子，学做个你自己平时以为是男子的模样，不必大惊小怪，不必让旅馆中知道什么。

希望你能照往常一样，不必担心我的事情。我并不是为了增加你的想念而走的。我只觉得我们事情业已有了一个着落，我应当走，我就走了。

愿天保佑你！

如蕤 留

把信看完后，他赶忙揪床边电铃，听差来了，他手中还捏着那个信，本想询问那听差的，同房女人什么时候下的山，但一看到听差，却不作声，只把头示意，要他仍然出去。听差拉上了门出去后，他伸手去攫取那个药瓶，药瓶中的白汁，被振时便发着小小泡沫。

他望着这些泡沫在振荡静止以后就消灭了，便继续摇着。他爱她，且觉得真爱了她。

一九三三年六月在青岛写成

○○○ 绅士的太太

我不是写几个可以用你们石头打他的妇人,我是为你们高等人造一面镜子。

▣ 他们的家庭

一个曾经被人用各样尊敬的称呼加在名字上面的主人,国会议员、罗汉、猪仔、金刚,后来又是总统府顾问、参议,于是一事不做,成为有钱的老爷了。

人是读过书,很干练的人,在议会时还极其雄强,常常疾声厉色地与政敌论辩,一言不合就祭起一个墨盒飞到主席台上去,又常常做一点儿政治文章到《金刚月刊》上去发表。现在还只四十五岁。四十多岁就关门闭户做绅士,是因为什么缘故,很少有人明白的。

一般绅士为了娱悦自己,多数念点儿佛,学会静坐,会打太极拳,能谈相法,懂鉴赏金石书画。另外的事情,就是喝一点儿酒,打打牌。这个绅士是并不把自己生活放在例外的地位上去的,凡是一切绅士的坏德性他都不缺少。

一栋自置的房子,门外有古槐一株,金红大门,有上马石安置在门外边(因为无马可上,那石头,成为小贩卖冰糖葫芦憩息的地方了)。门内有门房,有小黑花哈巴狗。门房手上弄着两个核桃，又会舞石槌，哈巴狗成天寂寞无事可做，就蹲到门边看街。房子是两个院落的大小套房子，客厅里有柔软的沙发，有地毯，有写字台，壁上有名人字画，红木长桌上有古董玩器，同时也有打牌用的一切零件东西。太太房中有小小宫灯，有大铜床、高镜台、细绢长条的仕女画、极精致的大衣橱。僻处有乱七八糟的衣服，有用不着的旧式洋伞、草帽，以及女人的空花皮鞋。

绅士有一个年纪不大的妻，有四个聪明伶俐的儿女。妻曾经被人称赞过为美人，儿女都长得体面干净。因为这完全家庭，这主人，培养到这逸乐安全生活中，再无更好的理由拒绝自己的发胖了。

绅士渐渐胖下来，走路时肚子总先走到，坐在家中无话可说时就打呼睡觉，吃东西食量极大，谈话时声音滞呆。太太是习惯了，完全不感觉到这些情形是好笑的。用人则因为凡是有钱的老爷天南地北差不多都是这个样子，也就毫不引起惊讶了。对于绅士发生兴味的，只有绅士的儿子，那个第三的少爷，看到爹爹的肚子同那神气，总要发笑地问这里面是些什么东西。绅士记得苏东坡故事，就告给儿子，这是"满腹经纶"。儿子不明白意思，请太太代为说明，遇到太太兴致不恶的时节，太太就告给儿子说这是"宝贝"，若脾气不好，不愿意在这些空事情上唠叨，就大声喊奶妈，问奶妈为什么尽少爷牙痛，为什么尽少爷头上长疙瘩。

少爷大一点儿是懂事多了的，只爱吃零碎，不欢喜谈空话，所以做母亲的总是欢喜大儿子。大少爷因为吃零碎太多，长年脸庞黄黄的，见人不欢喜说话，读书聪明，只是非常爱玩，九岁时就知道坐到桌子边看牌，十岁就会"挑土"，为母亲拿牌，绅士同他太太都以为这小孩将来一定极其有成就。

绅士的太太，为绅士养了四个儿子，还极其白嫩，保留到女人的美丽，从用人眼睛估计下来，总还不上三十岁。其实三十二岁，因为结婚是二十多，现在大少爷已经十岁了。绅士的儿子大的十岁，小的三岁，家里按照北京做官人家的规矩，每一个小孩请娘姨一人，另外还有车夫、门房、厨子、做针线的、抹窗子扫地的，一共十一个下人。家里常常有客来打牌，男女都有。把桌子摆好，人上了桌子，四只白手争到在桌上洗牌，抱引小少爷的娘姨就站到客人背后看牌。待到太太说："娘姨，你是看少爷的，怎么尽待到这里？"这三河县老乡亲才像记起了自己职务，把少爷抱出外面大街，看送丧事人家大块头吹唢呐打鼓打锣去了。引少爷的娘姨、厨子和车夫，虽不必站在桌边看谁输赢，总而言之是知道到了晚上，汽车包车把客人接走以后，太太就要把人喊在一处，为这些下等人分派赏号的。得了赏号，这些人就按照身份，把钱用到各方面去。厨子照例也欢喜打一点儿牌，门房能够喝酒，车夫有女人，娘姨们各个还有瘦瘦的挨饿的儿子，同到一事不做的丈夫，留在乡下，靠到得钱吃饼过日子。太太有时输了，不大高兴，大家就不作声，不敢讨论到这数目，也不敢在这数目上做那种荒唐打算。因为若是第二次太太又输，手气坏，这赏号分给用人的，不是钱，将只是一些辱骂了。实在说来，使主人生气的事情也太多了，这些真是完全吃闲饭的东西，一天什么事也不做，什么也不能弄得清楚，这样人多，还是糊糊涂涂，有客来了，喊人摆桌子也找不到，每一个人又都懂得到分钱时，不忘记伸手。太太是常常这样生气骂人的，用人从不会接嘴应声，人人都明白骂一会儿，就会有别的事情岔开。回头不是客来就是太太到别处去做客。太太事情多，不会骂得很久，并且不是输了很多的钱也不会使太太生气，所以每个下人都懂得做下人的规矩，对于太太非常恭敬。

太太是很爱儿子的，小孩子哭了病了，一面忙着打电话请医生，一面就骂娘姨，因为一个娘姨若照料得尽职，像自己儿子一样，照例小孩子是不大应当害病爱哭的。可是做母亲的除了有时把几个小孩子打扮得齐全，引带小孩子上公园吃点心看花以外，自己小孩子是不常同母亲接近的。另外时节母亲事情都像太多了，母亲常常有客，常常做客，平时又有许多机会同绅士吵嘴斗气，小孩子看到母亲这样子，好像也不大愿意亲近这母亲了。有时顶小的少爷，一定得跟到母亲做客，总得太太装成生气的样子骂人，于是娘姨才能把少爷抱走。

绅士为什么也缺少这涵养，一定得同太太吵闹给下人懂到这习惯？是并不溢出平常绅士家庭组织以外的理由。一点点钱，一次做客不曾添制新衣，更多次数的，是一种绅士们总不缺少的暧昧行为。太太从绅士的马褂袋子里发现了一条女人用的小小手巾，从朋友处听到了点儿谣言，从娘姨告诉中知道了些秘密，从汽车夫处知道了些秘密。或者，一直到了床上，发现了什么，都得在一个机会中把事情扩大，于是骂一阵，嚷一阵，有眼睛的就流眼泪，有善于说谎赌咒的口的也就分辩、发誓，于是本来预备出去做客也就不去了，本来预备睡觉也睡不成了。哭了一会儿的太太，若是不甘示弱，或遇到绅士恰恰有别的事情在心上，不能采取最好的手段赔礼，太太就一人出去，到别的人家做客去了。绅士羞惭在心，又不无小小愤怒，也就不即过问太太的去处。生了气的太太，还是过相熟的亲戚家打牌，因为有牌在手上，纵有气，也不是对于人的气了。过一天，或者吵闹是白天，到了晚上，绅士一定各处熟人家打电话，问太太在不在。有时太太记得到这行为，正义在自己身边，不愿意讲和，就总预先嘱咐那家主人，告给绅士并不在这里。有时则虽嘱咐了主人，遇到公馆来电话时，主人知道是绅士想讲和了，总仍然告给了太太的所在地方，于是到后绅士就来了，装作毫无其事的神气，问太太输赢。若旁人说赢了，绅士不必多说什么，只站在身后看牌，到满圈，绅士一定就把太太接回家了。若听到人说输了呢，绅士懂得自己应做的事，是从皮包里甩一百八十的票子，一面放到太太跟前去，一面挽了袖子自告奋勇，为太太扳本。既然加了股份，太太已经愿意讲和，且当到主人面子，不好太不近人情，自然站起来让座给绅士。绅士见有了转机，虽很欢喜地把大屁股贴到太太坐得热巴巴的椅子上去，仍然不忘记说："莫走莫走，我要你帮忙，不然这些太太们要欺骗我这近视眼！"那种十分得体的趣话，主人也仿佛很懂事，听到这些话总是打哈哈笑，太太再不好意思走开，到满圈，两夫妇也仍然就回家了。遇到各处电话打过，太太的行动还不明白时节，主人照例问汽车夫，照例汽车夫受过太太的吩咐，只说太太并不让他知道去处，是要他送到市场就下了车的。绅士于是就坐了汽车各家去找寻太太。每到一个熟人的家里，那家公馆里仆人，都不以为奇怪，公馆中主人、姨太太，都是自己才讲和不久，也懂得这些事情，男主人照例袒护绅士，女主人照例袒护太太，同这绅士来谈话。走到第二家、第三家，有时是第七家，太太才找着。有时找了一会儿，绅士新的气愤在心上慢慢滋长，不愿意再跑路了，吼着要回家（或索性到那使太太出走的什么家中去玩了一趟），回到家中躺在柔软的大椅上吸烟打盹儿。这方面一坚持，太太那方面看看无消息，有点儿软弱惶恐了。或者就使那家主人打电话回家来，作为第三者转圜，使绅士来接；或者由女主人伴送太太回家，且用着所有绅士们太太的权利，当到太太把绅士教训一顿。绅士虽不大高兴，既然见到太太归来了，而且伴回来的又正说不定就是在另一时方便中也开了些无害于事的玩笑过的女人，到这时节，利用到机会，把太太支使走开，主客相对会心地一笑，大而肥厚的、柔软多脂的手掌，把和事佬小小的善于搅牌也善于做别的有趣行为的手捏定，用人不在客厅，一个有教养的绅士，总得对于特意来做和事佬的人有所答谢，一面无声地最谨慎地做了些使和事佬忍不住笑的行为，一面又柔声地喊着太太的小名，用"有客在怎么不出来"这一类正义相责。太太本来就先服了输，这时又正当到来客，再不好坚持，就出来了。走出来后，谈了一些空话，因为有了一主一客，只须再来两个就是一桌，绅士望到客人做了一个会心的微笑，赶忙去打电话邀人。坐在家里发闷的女人正多，自然不到半点钟，这一家的客厅里，又有四只洁白的手同几个放光的钻戒在桌上稀哩哗啦乱着了。

关于这种家庭战争，由太太这一面过失而起衅，由太太这一面错误来出发，这事是不是也有过？也有过。不过男子到底是男子，一个绅士，学会了别的时候以前，先就学会了对这方面的让步，所以除了有时无可如何才把这一手拿出来抵制太太，平常时节是总以避免这冲突为是的。因为绅士明白每一个绅士太太，都在一种习惯下，养成了一种趣味，这趣味有些人家是在相互默契情形下维持到和平的，有些人家又因此使绅士得了自由的机会。总而言之，太太们这种好奇的趣味，是可以使绅士阶级把一些友谊僚谊更坚固起来的，因这事实绅士们装聋装哑过着和平恬静的日子，也就大有其人了。这绅士太太，既缺少这样把柄给丈夫拿到，所以这太太比其余公馆的太太更使绅士尊敬畏惧了。

另外一个绅士的家庭

因为做客，绅士太太到西城一个熟人家中去。

也是一个绅士，有姨太太三位，儿女成群。大女儿在著名教会大学念书，小女儿在小学念书，有钱有势，儿子才从美国留学回来，即刻就要去新京教育部做事。绅士太太一到这人家，无论如何也有牌打，因为没有外来客，这个家中也总是一桌牌。小姐从学校放学回来，争着为母亲替手，大少爷还在候船，也常常站到庶母后面，间或把手从隙处插过去，抢去一张牌，大声地吼着，把牌掷到桌上去。绅士是因为风瘫，躺到客厅一角藤椅上哼，到晚饭上桌时，才扶到桌边来吃饭的。绅士太太是到这样一个人家来打牌的。

到了那里，看到瘫子，用自己儿女的口气，同那个废物说话。

"伯伯，这几天不舒服一点儿吗？"

"好多了。谢谢你们那个橘子。"

"送小孩子的东西也要谢吗？伯伯吃不得酸的，我那里有人从上海带来的外国苹果，明天要人送点儿来。"

"不要送，我吃不得。××近来忙，都不过来。"

"成天同和尚来往。"

"和尚也有好的，会画会诗，谈话风雅，很难得。"

自己那个二姨太就笑了，因为她就同一个和尚有点儿熟。这太太是不谈诗画不讲风雅的,她只觉得和尚当真也有"好人",很可以无拘束地谈一些体己话,内中含意当然是不宜于公开的。

那从美利坚得过学位的大少爷,一个基督教徒,就说:"凡是和尚都该杀头。"

绅士把眼睛一睁,对这种新派幼稚怪话表示不平。

"怎么,一开口就乱说!佛同基督有什么不同?不是都要渡世救人吗?"

大少爷记起父亲是废物了,耶稣是怜悯老人的,立刻取了调和妥协的神气,"我说和尚不说佛。"

大姨太太说:"我不知道你们男人为什么都恨和尚。"

这少爷正想回话,听到外面客厅一角有电话铃响,就奔到那角上接电话去了。这里来客这位绅士太太就说:"伯伯,媳妇怎么样?"废物不作声,望到大小姐,因为大小姐在一点钟以前还才同爹爹吵过嘴。大小姐笑了。大小姐想到另外一件事,就笑了。

二姨太太说:"看到相片了,我们同大小姐到他房里翻出相片同信,大小姐读过笑得要不得。还有一个小小头发结子,不知是谁留下的,还有……"

三姨太太不知为什么红了脸,借故走出去了。

大小姐追出去,"三娘,婶婶来了,我们打牌!"

绅士太太也追出去,走到廊下,赶上大小姐,"慢走,毛丫头,我同你说。"

大小姐似乎早懂得所说的意思了,要绅士太太走过那大丁香树下去。两人坐到那小小绿色藤椅上去,互相望着对方白白的脸同黑黑的眼珠子。大小姐笑了,红了脸,伸手把绅士太太的手捏定。

"婶婶,莫逼我好吧。"

"逼你什么？你这丫头，那么聪明。你昨天装得使我认不出是谁了。我问你，到过那里几回了？"

"婶婶你到过几回？"

"我问你！"

"只到过三次，万千莫告给爹爹！"

"我先想不到是你。"

"我也不知道是婶婶。"

"输了赢了？"

"输了不多。姨姨输二千七百，把那个钻石戒指也换了，瞒到爹爹，不让他知道。"

"几姨？"

"就是三娘。"

三娘正在院中尖声唤大小姐，到后听到这边有人说话，也走到丁香花做成的花墙后面来了。见到了大小姐同绅士太太在一处，就说："请上桌子，牌早摆好了。"

绅士太太说："三娘，你手气不好，怎么输很多钱。"

这妇人是妓女出身，见过大场面，经过多少风雨，又特别聪明懂事，最会做眉眼，就对大小姐笑，好像说大小姐不该把这事告给外人。但这姨太太一望也就知道绅士太太不是外人了，所以说："××去不得，一去就输，还是大小姐好。"又问，"太太你常到那里？"绅士太太就摇头，因为她到那里是并不为赌钱的，只是监察到绅士丈夫，这事不能同姨太太说，不能同大小姐说，所以含混过去了。

她们记起牌已摆上桌子了，从花下左边小廊走回内厅，见到大少爷在电话旁拿着耳机正说洋话，疙疙瘩瘩，大小姐听得懂是同女人说的话，就嘻嘻地笑，两个妇人皆莫名其妙，也好笑。

四个人哗啦哗啦洗牌，分配好了筹码，每人身边一个小红木茶几，上面摆纸烟，摆细料盖碗，泡好新毛尖茶。另外是小瓷盘子，放的有切成小片的美国橘子。四个人是主人绅士太太、客人绅士太太、二姨太太、大小姐。另外有人各人背后站站，谁家和了就很伶俐地伸出白白的手去讨钱，是"做梦"的三姨太太。废人因为不甘寂寞，要把所坐的活动椅子推出来，到厅子一端，一面让大姨太太捶背，一面同打牌人谈话。

大少爷打完电话，穿了笔挺新式洋服从客厅旁过身，听到牌声洗得热闹，本来预备出去有事情，也在牌桌边站定了。

"你们大学生也打牌？"

"为什么不能够陪妈陪婶婶？"

客人绅士太太就问大少爷："春哥，外国有牌打没有？"

主人绅士太太笑了："岂止有牌打，我们这位少爷还到美国××俱乐部做教师，那些洋人送他十块钱一点钟，要他指点！"

"当真是这样，我将来也到美国去。"

大小姐说："要去，等我毕业了，我同婶婶一路去。我们可以……慢点慢点，一百二十副。妈你为什么不早打这张麻雀，我望这张牌望了老半天了。哈哈，一百二！"说了，女人把牌放在嘴边亲了那么一下，表示这夭索同自己的感情。

母亲像是不服气样子，找别的岔子："玉玉，怎么一个姑娘家那么野？跟谁学来这些野话？"

大小姐不作声，因为大少爷捏着她的膀子，要代一个庄，大小姐就嚷："不行不行，人家才第一个上庄！"

大少爷到后坐到母亲位置上去，很热心地洗着牌，很热心地叫骰子，和了一牌四十副，才哼着美国学生所唱的歌走去了。

这一场牌一直打到晚上，到后又来了别的一个太太，二姨太让出了缺，仍然是五个人打下去。到晚饭时许多鸡鸭同许多精致小菜摆上了桌子，在非常光亮的电灯下，打牌人皆不必调换位置，就仍然在原来座位上吃晚饭。废人也镶拢来了，问这个那个的输赢，吃了很多的鱼肉，添了三次白饭，还说近来厨子所做的菜总是不大合口味。因为在一钵鸡中发现了一只鸡脚没有把外皮剥去，就叫厨子来，骂了一些大人们照例骂人吃冤枉饭的话，说是怎么这东西还能待客，要把那鸡收回去。厨子把一个大瓷钵拿回到灶房，看看所有的好肉已经吃尽，也就不说什么话。回头上房喊再来点儿汤，于是又在那煨鸡缸里舀了一盆清汤送上去了。

吃过了晚饭，晚上的时间实在还长，大小姐明早八点钟就得到学校去上课，做母亲的把这个话提出来，在客人面前不大好意思同母亲作对，于是退了位，让三姨太太来补缺，四人重新上了场。不过大小姐站到母亲身后不动，一遇到有牌应当上手时，总忽然出人意外地飞快地把手从母亲肩上伸到桌中去，取着优美的姿势，把牌用手一摸，看也不看，嘘的一声又把牌掷到桌心去。母亲因为这代劳的无法拒绝，到后就只有让位了。

八点了，二少爷三小姐三少爷不忘记姐姐日里所答应的东道，选好了××主演的《妈妈趣史》电影，要大小姐陪到去做主人。恰恰一个大三元为三姨太太抢去单吊，非常生气，不愿意再打，就伴同一群弟妹坐了自己汽车到××去看电影去了。主人绅士太太仍然又上了桌子。

大少爷回来时，废物已回到卧房睡觉去了。大少爷站到三姨太太身后看牌，看了一会儿，走去了。三姨太太到后把牌让二姨太太打,说有一点儿事,也就走出了客厅。

于是客人绅士太太一面砌牌一面说:"伯母,你真有福气。"

主人绅士太太说:"吵闹极了,都像小孩子。"

另外来客也有五个小孩,就说:"把他们都赶到学校去也好,我有三个是两个礼拜才许他们回来一次的。"这个妇人却料不到那个大儿子每星期到六国饭店跳舞两次。

"家里人多也好点儿。"

"我们大少爷过几天就要去南京,做什么'边事',不知边些什么。"

"有几百一个月。"

"听说有三百三,三百三他哪里够,好歹是也可以找钱,不要老子养他了。"

"他们都说美国回来好,将来大小姐也应当去。"

"她说她不去美国,要去就去法国。法国女人就只会打扮,这丫头爱好。"

轮到绅士太太做梦赋闲了,站到红家身后看了一会儿,又站到瘩家身后看了一会儿,吃了些糖松子儿,又喝了口热茶。想出去方便一下,就从客厅出去,过东边小院子,过圆门,过长廊。那边偏院辛夷树开得花朵动人,在月光里把影子通通映在地下,非常有趣味。辛夷树那边是大少爷的书房,听到有人说话,引起了一点儿好奇,就走过那边窗下去,只听到一个极其熟悉的女人笑声,又听到说话,声音很小,像在某一种情形下有所争持。

"小心一点儿……"

"你莫这样,我就……"

听了一会儿,绅士太太忽然明白这里是不适宜于站立的地方,脸上觉得发烧,悄悄地又走回到前面大院子来。月亮挂到天上,有极小的风吹送花香,内厅里不知是谁一个大牌和下了,只听到主客的嬉笑与搅牌的热闹声音,绅士太太想起了家里的老爷,忽然不高兴再在这里打牌了。

听到里面喊丫头,知道是在找人了,就进到内厅去,一句话不说,镶到主人绅士太太的空座上去补缺,把两只手放到牌里去乱和。

不到一会儿,三姨太太来了,悄静无声地,极其矜持地,站到另外那个绅士太太背后,把手搁到椅子靠背上,看大家发牌。

另外一个绅士太太,一面打下一张筒子,一面鼻子皱着,说:"三娘,你真是使人要笑你,怎么晚上也擦得一身这样香。"

三姨太太不作声,微微地笑着,又走到客人绅士太太背后去。绅士太太回头去看三姨太太,这女人就笑,问赢了多少。绅士太太忽然懂得为什么这人的身上有浓烈的香味了,把牌也打错张了。

绅士太太说:"外面月亮真好,我们打完这一牌,满圈后,出去看月亮。"

三姨太太似乎从这话中懂得一些事情,用白牙齿咬着自己的红嘴唇,离开了牌桌,默默地坐到较暗的一个沙发上,把自己隐藏到深软的靠背后去了。

◼ 一点新的事情

××公馆大少爷到东皇城根绅士家来看主人,主人不在家,绅士太太把来客让到客厅里新置大椅上去。

"昨天我以为婶婶会住在我家的,怎么又不打通夜?"

"我恐怕我们家里小孩子发烧要照应。"

"我还想打四圈,哪晓得婶婶赢了几个就走了。"

"哪里。你不去南京,我们明天又打。"

"今天就去也行,三娘总是一角。"

"三娘同……"绅士太太忽然说滑了口,把所要说的话都融在一个惊讶中,她望到这个整洁温雅的年轻人呆着,两人互相皆为这一句话不能继续开口了。年轻人狼狈到无所措置,低下了头去。

过了一会儿,大少爷发现了屋角的一具钢琴,得到了救济,就走过去用手按琴键,发出高低的散音。小孩子听到琴声,手拖娘姨来到客厅里,看奏琴。绅士太太把小孩子抱在手里,叫娘姨削几个梨子同苹果拿来,大少爷不敢问绅士太太,只逗着小孩,要孩子唱歌。

到后两人坐了汽车又到西城废物公馆去了。在车上,绅士太太很悔自己的失言,因为自己也还是年轻人,对于这些事情,在一个二十六七岁的晚辈面前,做长辈的总是为一些属于生理上的种种,不能拿出长辈样子。这体面的年轻人,则同样也因为这婶婶是年轻女人,对于这暧昧情形有所窘迫,也感到无话可说了。车到半途,大少爷说:"婶婶,莫听他们谣言。"绅士太太就说:"你们年轻人小心一点儿。"仍然不忘记那从窗下听来的一句话,绅士太太把这个说完时,自己觉得脸上发烧得很,因为两个人是并排坐得那么近,身体的温热皆互相感染,年轻人,则从绅士太太方面的红脸,起了一种误会,他那聪明处到这时仿佛起了一个新的合理的主意,而且这主意也觉得正是救济自己的一种方法。到了公馆,下车时,先走下去,伸手到车中,一只手也有意那么递过来,于是轻轻地一握,下了车,两人皆若为自己行为,感到了一个憧憬的展开扩大,互相会心地交换了一个微笑。

到了废物家,大少爷消失了,不多一会儿又同三娘出现了。绅士太太觉得这三娘今天特别对她亲切,在桌边站立,拿烟拿茶,剥果壳儿,两人望到时,就似乎有些要说而不必用口说出的话,从眼睛中流到对方心里去。绅士太太感到自己要做一个好人,要为人包瞒打算,要为人想法成全,要尽一些长辈所能尽的义务。这是为什么?因为从三娘的目光里,似乎得到一种极其诚恳的信托,这妇人,已经不能对于这件事不负责任了。

大小姐已经上坤范女子大学念书去了,少爷们也上学了,今天请了有两个另外的来客,所以三娘不上场。到绅士太太休息时,三娘就邀绅士太太到房里去,看新买的湘绣。两人刚走过院子,望见偏院里辛夷,开得如火红,一大树花灿烂夺目,两人皆不知忌讳,走到树下去看花。

"昨夜里月光下这花更美。"绅士太太在心上说着,微微地笑。

"我想不到还有人来看花!"三姨太太也这样想着,微微地笑。

书房里大少爷听到有人走路声音,忙问是谁。

绅士太太说:"春哥,不出去么?"

"是婶婶吗?请进来坐坐。"

"太太就进去看看,他很有些好看的画片。"

于是两个妇人就进到这大少爷书房里,是个并不十分阔大的卧室，四壁裱得极新，小小的铜床，小小的桌子，四面都是书架，堆满了洋书，红绿面子印金字，大小不一，似乎才加以整理的神情，稍稍显得凌乱。床头一个花梨木柜橱里，放了些女人用的香料，一个高脚维多利亚式话匣子，上面一大册安置唱片的本子，本子上面一个橘子，橘子旁边一个烟斗。大少爷正在整理一个像小钟一类东西，那东西就搁到窗前桌上。

"有什么用处？"

"无线电盒子，最新从美国带回的，能够听上海的唱歌。"

"太太，大少爷带得一个小闹表，很有趣味。"

"哎呀，这样小，值几百？"

"一百多块美金，婶婶欢喜就送婶婶。"

"这怎么好意思，你只买得这样一个，我怎么好拿！"

"不要紧，婶婶拿去玩，还有一个小盒子。这种表只有美国一家专利，若是坏了，拿到中央表店去修理，不必花钱，因为世界各国凡是代卖这家钟表公司出品的，都可以修理。"

"你留着自己玩吧，我那边小孩子多，掉到地下可惜。"

"婶婶真把我当外人。"

绅士太太无话可说。因为三姨太太已经把那个表放到绅士太太手心里，不许她再说话了。这女人，把人情接受了，望一望全房情景，像是在信托方面要说一句话，就表示大家可以开诚布公做商量了，就悄悄地说道：

"三娘，你听我说一句话，家里人多了，凡事也小心一点儿。"

三娘望到大少爷笑："我们感谢太太，我们不会忘记太太对我们的好处。"

大少爷，这美貌有福的年轻人，无话可说，正翻看那一本日日放在床头的英文《圣经》，不作声，脸儿发着烧，越显得娇滴滴红白可爱。忽然站起来，对绅士太太作了三个揖，态度非常诚恳，用一个演剧家扮演哈姆雷特的姿势，把绅士太太的左手拖着，极其激动地向绅士太太说道："婶婶的关心地方，我不会忘记到脑背后。"

绅士太太右手捏着那纽扣大的小表，左手被人拖着，也不缺少一个剧中人物的风度，谦虚地而又温和地说："小孩子，知道婶婶不是妨碍你们年轻人事情就行了，我为你们担心！我问你，什么时候过南京有船？"

"我不想去，并不是没有船。"

"母亲也瞒到？"

"母亲只知道我不想去，不知道为什么事情。她也不愿意我就走，所以帮着瞒到老瘫子说是船受检查，极不方便。"

绅士太太望望这年轻侄儿，又望望年轻的姨太太，笑了："真是一对玉合子。"

三娘不好意思，也咪地笑了。"太太，今夜去××试试赌运，他们那里主人还会做很好的点心，特别制的，不知尝过没有？"

"我不欢喜大数目，一百两百又好像拿不出手——春哥，美国有赌博的？"

"法国美国都有，我不知道这里近来也有了，以前我不听到说过。婶婶也熟悉那个吗？"

"我是悄悄地去看你的叔叔。我装得像妈子那样戴一副墨眼镜，谁也不认识。有一次我站到我们胖子桌对面，他也看不出是我。"

"三娘，今天晚上我们去看看，婶婶莫打牌了。假装有事要回去,我们一道去。"

三姨太也这样说:"我们一道去。到那里去我告给太太巧方法扎七。"

事情就是这样定妥了。

到了晚上约莫八点左右,绅士太太不愿打牌了,同废物谈了一会儿话,邀三娘送她回去,大少爷正有事想过东城,搭乘了绅士太太的汽车,三人一道儿走。汽车过长安街,一直走,到哈德门大街了,再一直走,汽车夫懂事,把车向右转,因为计算今天又可以得十块钱特别赏赐,所以乐极了,把车也开快了许多。

三人到××,留在一个特别室中喝茶休息,预备吃特制点心。三姨太太悄悄同大少爷说了几句话,扑了一会儿粉,对穿衣镜整理了一会儿头发,说点心一时不会做来,先要去试试气运,拿了皮夹想走。

绅士太太说:"三娘你就慌到输!"

大少爷说:"三娘是不怕输的,顶爽利,莫把皮夹也换筹码输去才好。"

三姨太走下楼去后,小房中只剩下两个人。两人说了一会儿空话,年轻人记起了日里的事情,记起同三姨太商量得很好了的事情,感到游移不定,点心送来了。

"姊姊吃一杯酒好不好?"

"不吃酒。"

"吃一小杯。"

"那就吃甜的。"

"三娘也总是欢喜甜酒。"

当差的拿酒去了,因为一个方便,大少爷走到绅士太太身后去取烟,把手触了她的肩。在那方,明白这是有意,感到可笑,也仍然感到小小动摇,因为这贵人记起日里在车上的情形,且记起昨晚上在窗下窃听的情形,显得拘束,又显得烦懑了,就说:"我要回去,你们在这里吧。"

"为什么忙?"

"为什么我到这里来?"

"我要同婶婶说一句话,又怕骂。"

"什么话?"

"婶婶样子像琴雪芳。"

"说瞎话,我是戏子吗?"

"是三娘说的,说美得很。"

"三娘顶会说空话。"虽然这么答着,侧面正是一个镜台,这绅士太太,不知不觉把脸一侧,望到镜中自己的白脸长眉,温和地笑了。

男子低声地蕴藉地笑着,半天不说话。

绅士太太忽然想到了什么的神情,对着了大少爷:"我不懂你们年轻人做些什么鬼计。"

"婶婶是我们的恩人,我……"那只手,取了攻势,伸过去时,受了阻碍。

女人听这话不对头,见来势不雅,正想生气,站在长辈身份上教训这年轻人一顿,拿酒的厮役已经在门外轻轻地啄门,两人距离忽然又远了。

把点心吃完,到后两人用小小起花高脚玻璃杯子,吃甜味橘子酒。三姨太太回来了,把皮夹掷到桌上,坐到床边去。

绅士太太问:"输了多少?"

三娘不作答，拿起皮夹欢欢喜喜掏出那小小的精巧红色牙膏筹码数着，一面做报告，一五一十，除开本，赢了五百三。

"我应当分三成，因为不是我陪你们来，你一定还要输。"绅士太太当笑话说着。

大少爷就附和到这话说："当真婶婶应当有一半，你们就用这个做本，两人合份，到后再结算。"

"全归太太也不要紧，我们下楼去，现在热闹了点儿，张家大姑娘同到张七老爷都来了，×总理的三小姐也在场，五次输一千五，骄傲极了，越输人越好看。"

"我可不下去，我不欢喜让她知道我在这里赌钱。"

"大少爷？"

"我也不去，我陪婶婶坐坐，三娘你去吧，到十一点我们回去。"

"……你莫走！"三姨太还是笑笑地走了。

回到家中，皮夹中多了一个小表，多了四百块钱，见到老爷在客厅中沙发上打盹儿，就骂用人，为什么不喊老爷去睡。当差的就说，才有客到这里谈话，刚走不久，问老爷睡不睡觉，说还要读一点儿书，等太太回来再叫他，所以不敢喊叫。绅士见到太太回了家，大声地叱娘姨，惊醒了。

"回来了，太太！到什么人家打牌这么晚？"

绅士太太装成生气的样子，就说："运气坏极了，又输一百五。"

绅士正恐怕太太追问到别的事，或者从别的地方探听到了关于他的消息，贼人心虚，看到太太那神气，知道可以用钱调和了，就告给绅士太太明天可以还账。且安慰太太，输不要紧。又同太太谈各个熟人太太的牌术和那属于打牌的品德。这贵人日里还才到一个饭店里同一个女人鬼混过一次,待到太太问他白天做些什么事时,他就说到佛学会念经,因为今天是开化老和尚讲《楞严》日子。若是往日,绅士太太一定得诈绅士一阵,不是说杨老太太到过佛学会,就是说听说开化和尚已经上天津,绅士照例也就得做戏一样,赌一个小咒,事情才能和平了结,解衣上床。今晚上因为赢了钱,且得了一个小小金表,自己又正说着谎话,所以也就不再追究谈《楞严》谈到第几章那类事了。

两人回到卧室,太太把皮夹子收到自己小小的保险箱里去。绅士作为毫不注意的神气,一面弯腰低头解松绑裤管的带子,一面低声地模仿梅畹华老板的《天女散花》摇板,用节奏调和到呼吸。

到后把汗衣剥下,那个满腹经纶的尊贵肚子因为换衣的原因,在太太眼下,用着骄傲凌人的态度,挺然展露于灯光下,暗褐色的下垂的大肚,中缝一行长长的柔软的黑毛,刺目地呈一种图案调子。太太从这方面得到了一个联想,告绅士,今天西城××公馆才从美国回来不久的大少爷来看过他,不久就得过南京去。

绅士点点头:"这是一个得过哲学硕士的有作为的年轻人,废物有这样一个儿子,自己将来不出山,也就不妨事了。"

绅士太太想到别的事情,就笑,这时也已经把袍子脱去,夹袄脱去,鞋袜脱去,站在床边,对镜用首巾包头,预备上床了。绅士从太太高硕微胖的身子上,在心上展开了一幅美人出浴图,且哗哗的隔房浴室便桶的流水声,也仿佛是日里的浴室情景,就用鼻音做出亵声,告太太小心不要着凉。

◘ 更新的事情

约有三天后，××秘密俱乐部的小房子里又有这三个人在吃点心。那三娘又赢了三百多块钱，分给了绅士太太一半。这次绅士太太可在场了，先是输了一些，到后大少爷把婶婶邀上楼去，三姨太太不到一会儿就追上来，说是天红得到五百，把所输的收回，反赢三百多。绅士太太同大少爷除了称赞运气，并不说及其他事情。

绅士太太对于他们的事更显得关切，到废物公馆时，总借故到三姨太太房中去盘旋。打牌人多，也总是同三娘合手，两股均分，输赢各半。

星期日另外一个人家客厅里红木小方桌旁，有西城××公馆大小姐，有绅士太太，大小姐不明奥妙，问绅士太太，知不知道三娘近来的手气。

"婶婶不知道么？我听人说她输了五百。"

"输五百吗？我一点儿不明白。"

"我听人说的，她们看到她输。"

"我不相信，三娘太聪明了，心眼玲珑，最会看风色，我以为她扳了本。"

大小姐因为抓牌就不说话了，绅士太太记到这个话，虽然当真不大相信，可是对于那两次事情，有点儿小小怀疑起来了。到后新来了两个客，主人提议再拼成一桌，绅士太太主张把三娘接来。电话说不来，有小事，今天少陪了。绅士太太把耳机要过身边来，捏了话机，用着动情的亲昵调子："三娘，快来，我在这里！"

那边说了一句什么话，这边就说："好好，你快来，我们打过四圈再说。"

说是有事的三姨太太，得到绅士太太的嘱咐，仍然答应就来，四个人都拿这事情当笑话说着，但都不明白这友谊的基础建筑到些什么关系上面。

不到一会儿，三娘的汽车就在这人家公馆大门边停住了。客来了，桌子摆在小客厅，三娘不即去，就来在绅士太太身后。

"太太赢了，我们仍然平分，好不好？"

"好，你去吧，人家等得太久，张三太快要生气了。"

三娘去后，大小姐问绅士太太："这几天婶婶同三娘到什么地方打牌。"

绅士太太摇头喊："五万碰，不要忙！"

休息时，三娘扯了绅士太太走到廊下去，悄悄地告她，大少爷要请太太到××去吃饭。绅士太太记起了大小姐先前说的话，问三娘："三娘，你这几天又到××去过吗？"

"哪里，我这两天门都不出。"

"我听谁说你输了些钱。"

"什么人说的？"

"没有这回事就没有这回事，我好像听谁提到。"

三娘把小小美丽嘴唇抿了一会儿，莞尔而笑，拍着绅士太太肩膊，"太太，我谎你，我又到过××，稍稍输了一点儿小数目。我猜这一定是宋太太说的。"

绅士太太本来听到三娘说不曾到过××，以为这是大小姐或者明白她们赢了钱，故有意探询，也就罢了。谁知三姨太太又说当真到过，这不是谎话的谎话，使她不能不对于前两天的赌博生出疑心了。她这时因为不好同三娘说破，以为另外可去问问大少爷，就忙为解释，说是听人说过，也记不起是谁了。她们到后都换了一个谈话方向，改口说到花。一树迎春颜色黄澄澄的像碎金缀在枝头上，在晚风中摇摆，姿态绝美，三娘折了一小枝，替绅士太太插到衣襟上去。

"太太，你真是美人，我一看到你，就嫌自己肮脏卑俗。"

"你太会说话了。我是中年人了，哪里敌得过你们年轻太太们，一身像奶酥抟成的。"

到了晚上，两人借故有事要走，把两桌牌拼成一桌。大小姐似乎稍稍奇怪，然而这也管不了许多。这位小姐对于牌的感情太好了，依旧上了桌子摸风，这两人就坐了汽车到大陆饭店去了。大陆饭店那方面一个房间里，大少爷早在那里等候了许久，人来了，极其欢喜。三娘把大少爷扯到身边，咬着耳朵说了两句话，大少爷望到绅士太太只点头微笑。两个人不久就走到隔壁房间去了，房里剩下绅士太太一个人。襟边的黄花掉落到地下，因为拾花，想起了日里三娘的称誉，回头去照镜子。照了好一会儿，又用手抹着自己头上光光的柔软的头发，顾影自怜，这女人稍稍觉得有点儿烦恼，从生理方面有一些意识模糊的对绅士的反抗，想站起身来走过去，看两个人在商量些什么事情。

推开那门，见到大少爷坐在大椅上，三娘坐大少爷腿上，把头聚在一处，正蜜蜜地接着吻。绅士太太不待说话，心中起着惊讶，赶忙缩回来了，仍然坐到现处，就听到两人在隔壁的笑声，且听到接吻嘴唇离开时的声音。一会儿，三娘走过房中来了，一只手藏在身后，头发乱乱的，脸红红的，一只手伏在绅士太太肩上，悄悄地说："太太，要看我前回说那个东西没有？"

"这事你怎么当真？"

"不是说笑话，这里有一份。"

"真是丑事情。"

三娘不再作声，把藏在身后那只手拿定的一个摺子放到绅士太太面前，翻开了第一页。于是第二页，第三页……两人相对低笑，不防大少爷，轻脚轻手，已经走到背后站定许久了。

……

回家去，绅士太太向绅士说头痛不舒服，要绅士到书房去睡。

▫ 一年以后

绅士太太为绅士生养了第五个少爷，寄拜给废物三姨太太做干儿子。做干妈的三娘送了许多礼物给小孩。绅士家请满月酒，客厅卧房皆摆了牌。小孩子们各穿了新衣服，由娘姨带领，来到这里做客。绅士家一面举行汤饼宴，一面接亲家母过门。头一天是女客，废物不甘寂寞也接过来了。废物在客厅里一角，躺在那由公馆抬来的轿椅中，一面听太太们打牌嚷笑，一面同绅士谈天，讲到佛学中的果报，以及一切古今事情。按照一个绅士身份，采取了一个废人的感想，对于人心世道，莫不有所议及。绅士同废人说一阵，又各处走去，周旋到年轻太太中间，这里看看，那里玩玩，怪有趣味。院子中小客人哭了，就叹气，大声喊娘姨，叫取果子糖来款待小客人。因为女主人不大方便，不能出外走动，干妈收拾得袅袅婷婷，风流俏俊，代行主人的职务，也像绅士一样忙着一切。绅士却充满一种怜爱心情，争着抢着担当。

到了晚上，客人散尽，娘姨把各房间打扫收拾清楚，绅士走到太太房中去，忙了一整天，有点儿疲倦了，就坐到太太床边，低低地叹了一声气。看到桌上一大堆红绿礼物，看到镜台边干妈送来的大金锁同金寿星，想起那妇人飘逸潇洒风度，非常怜惜似的同太太说："今天干妈真累了，忙了一天！"

绅士太太不作声，要绅士轻说点儿，莫惊吵了后房的小孩。

似乎因为是最幼的孩子，这孩子使母亲特别关心，虽然请得有一个奶娘，孩子的床就安置在自己房后小间。绅士也极其爱悦这小小生命的嫩芽。正像是因为这小孩的存在，母亲同父亲互相也都不大欢喜在小事上寻隙吵闹，家庭也变成非常和平了。

因为这孩子是西城废物公馆三姨太太的干儿子，从此以后，三娘有一个最好的理由来到东城绅士公馆了。因这贵人的过从，从此以后，绅士也常常有理由同自己太太讨论到这干亲家母的为人，不犯忌讳了。

有一天，绅士从别处得到了一个消息，拿来告给了太太。

"我听到人说西城废物公馆的大少爷，有人做媒。"

太太略略惊讶，注意地问："是谁？"

两人在这件事情上说了一阵，绅士也不去注意到太太的神气，不知为什么，因为谈到消息，这绅士记起另外一种荒唐消息，就咕咕地笑个不止。

太太问："笑什么？"

绅士还是笑，并不作答。

太太有点儿生气样子。其时正为小孩子剪裁一个小小绸胸巾，就放下了剪刀，一定要绅士说出。

绅士仍然笑着，过了好一会儿，才嚅嚅滞滞地说："太太，我听到有笑话，说那大少爷和……有点儿……"

绅士太太愕然了,把头偏向一边,惊讶而又惶恐地问:"怎么,你说什么?!"

"我是听人说的,好像我们小孩子的……"

"怎么,说什么?你们男子的口!"

绅士望到太太脸上突然变了颜色,料不到这事情会有这样吓人,就忙分辩说:"这是谣言,我知道!"

绅士太太简直要哭了。

绅士赶忙匆匆促促地分辩说:"是谣言,我是知道的!我只听说我们的孩子的干妈三娘,特别同那大少爷谈得合式,听到人这样说过,我也不相信。"

绅士太太放了一口气,才明白谣言所说的原是孩子的干妈,对于自己先前的态度忽然感到悔恨,且非常感到丈夫的可恼了,就骂绅士,以为真是一个堕落的老无耻,那么大一把年纪的人了,又不是年轻小孩子,不拘到什么地方,听到一点儿毫无根据的谰言,就拿来嚼咀。且说:"一个绅士都不讲身份,亏得你们念佛经,这些话拿去随便说,拔舌地狱不知怎么容得下你们这些人!"

绅士听到这教训,一面是心中先就并不缺少对于那干亲家母的一切憧憬,把太太这义正词严的言语,嵌到肥心上去后,就不免感到了一点儿羞惭。见到太太样子还很难看,这尊贵的人,照老例,做戏一样赔了礼,说一点儿别的空话,搭搭讪讪走到书房继续做阿难伽叶传记的研究去了。

绅士太太好好保留到先前一刻的情形,保留到自己的惊,保留到丈夫的谦和,以及那些前后言语给她的动摇。这女人,再把另外一些时节一些事情追究了一下,觉得全身忽然软弱起来,发着抖,再想支持到先前在绅士跟前的生气倔强,已经是万万办不到了。于是她就哭了，伏在那尚未完成的小孩子的胸巾上面，非常伤心地哭了。

悄悄溜到门边的绅士，看到太太那情形，还以为这是因为自己失去绅士身份的责难，以及物伤其类的痛苦，才使太太这样伤心，万分羞惭地转到书房去，想了半天主意，才想出一个计策来，不让太太知道，出了门雇街车到一个亲戚家里去，只说太太为别的事使气，想一个老太太装作不知道到他家里，邀她往公园去散散。把计策办妥当后，这绅士又才忙忙地回转家中，仍然去书房坐下，拿一本陶渊明的诗来读。读了半天，听到客来了，到上房去了，又听到太太喊叫拿东西。过了一会儿又听到叫预备车子。来客同太太出去以后，绅士走到天井中，看看天气，天气非常好。好像很觉得寂寞，就走到上面房里去。看到一块还未剪裁成就的绸子，湿得像从水中浸过，绅士良心极其难过，本待乘到这机会，可以到一个相好的妇人处去玩玩，也下了决心，不再出门了。

绅士太太回来时，问用人，老爷什么时候出去，什么时候回来。用人回答太太，老爷并不出门，在书房中读书，一个人吃的晚饭。太太忙到书房去，望着老爷正跪在佛像前念经。站到门边许久，绅士把经念完了，回头才看到太太。两人皆有所内恶，都愿好好地讲了和，都愿意得到对方谅解。绅士太太极其温柔地走到老爷身边去。

"怎么一个人在家中？我以为你到傅家吃酒去了。"

绅士看到太太神气，是讲和的情形，就做着只有绅士才会做出的笑样子，问到什么地方去玩了来。明白是到公园了，就又问到公园什么馆子吃的晚饭，人多不多，碰到什么熟人没有。两人于是很虚伪又很诚实地谈到公园的一切，白鹤、鹿、花坛下围棋的林老头儿、四如轩的水饺子,说了半天,太太还不走去。

"累了,早睡一点儿吧。"

"你呢?"

"我念了五遍经,近来念经真有了点儿奇迹,念完了神清气爽。"

听着这样谎话的绅士太太,容忍着,不去加以照例的笑谑,沉默了一阵,一个人走到上房去了。绅士在书房中,正想起傅家一个婢女打破茶碗的故事,一面脱去袜子,娘姨走来了,静静地怯怯地说:"老爷,太太请您老人家。"绅士点点头,娘姨退出去了,绅士不知为什么缘故,很觉得好笑,在心中搅起了些消失了多年的做新郎的情绪,跂上鞋,略显得匆促地向上房走去。

第二天,三娘来看孩子,绅士正想出门,在院子里迎面遇到了。想起前一天传说种种,绅士红着脸,笑着,敷衍着,一溜烟走了。三娘是也来告给绅士太太关于大少爷的婚事消息的,说了半天,后来接到别处电话,邀约打牌,绅士太太却回绝了。

两个人在家中密谈了一些时候,小孩子不知为什么哭了,绅士太太叫把小孩子抱来。小孩子一到母亲面前就停止了啼哭,望到这干妈,小小的伶精的黑眼仁,好像因为要认清楚这女人那么注意集中到三娘的脸。三娘把孩子抱在手上,哄着喝着:"小东西,你认得我!不许哭!再哭你爹爹会丢了你!世界上男人都心坏,只想骗女人,你长大了,可要孝顺你妈妈!"

绅士太太不知为什么原因,小孩子一不哭泣,又教奶妈快把孩子抱去了。

一九二九年作

○ ○ ○ 萧萧

乡下人吹唢呐接媳妇,到了十二月是成天会有的事情。

唢呐后面一顶花轿,两个夫子平平稳稳地抬着,轿中人被铜锁锁在里面,虽穿了平时没上过身的体面红绿衣裳,也仍然得荷荷大哭。在这些小女人心中,做新娘子,从母亲身边离开,且准备做他人的母亲,从此必然将有许多新事情等待发生。像做梦一样,将同一个陌生男子汉在一个床上睡觉,做着承宗接祖的事情。这些事想起来,当然有些害怕,所以照例觉得要哭哭,于是就哭了。

也有做媳妇不哭的人。萧萧做媳妇就不哭。这小女子没有母亲,从小寄养到伯父种田的庄子上,终日提个小竹兜箩,在路旁田坎捡狗屎挑野菜。出嫁只是从这家转到那家。因此到那一天,这女人还只是笑。她又不害羞,又不怕。她是什么事也不知道,就做了人家的新媳妇了。

萧萧做媳妇时年纪十二岁,有一个小丈夫,年纪还不到三岁。丈夫比她年少九岁,还不曾断奶。按地方规矩,过了门,她喊他做弟弟。她每天应做的事是抱弟弟到村前柳树下去玩,到溪边去玩。饿了,喂东西吃;哭了,就哄他,摘南瓜花或狗尾草戴到小丈夫头上;或者亲嘴,一面说:"弟弟,哪,啵。再来,啵。"在那肮脏的小脸上亲了又亲,孩子于是便笑了。孩子一欢喜兴奋,行动粗野起来,会用短短的小手乱抓萧萧的头发。那是平时不大能收拾蓬蓬松松在头上的黄发。有时候,垂到脑后那条小辫儿被拉得太久,把红绒线结也弄松了,生了气,就打那弟弟几下,弟弟自然哇地哭出声来。萧萧于是也装成要哭的样子,用手指着弟弟的哭脸,说:"哪,人不讲理,可不行!"

天晴落雨日子混下去,每日抱抱丈夫,也帮同家中做点儿杂事,能动手的就动手。又时常到溪沟里去洗衣,搓尿片,一面还捡拾有花纹的田螺给坐在身边的小丈夫玩。到了夜里睡觉,便常常做这种年龄人所做的梦,梦到后门角落或别的什么地方捡得大把大把铜钱,吃好东西,爬树,自己变成鱼到水中各处溜。或一时仿佛身子很小很轻,飞到天上众星中,没有一个人,只是一片白,一片金光,于是大喊"妈!"人就吓醒了。醒来心还只是跳。吵了隔壁的人,不免骂着:"疯子,你想什么!白天玩得疯,晚上就做梦!"萧萧听着却不作声,只是咕咕地笑。也有很好很爽快的梦,为丈夫哭醒的事情。那丈夫本来晚上在自己母亲身边睡,吃奶方便。有时吃多了奶,或因另外情形,半夜大哭,起来放水拉稀是常有的事。丈夫哭到婆婆无可奈何,于是萧萧轻脚轻手爬起床来,睡眼迷蒙,走到床边,把人抱起,给他看月光,看星光;或者仍然啵啵地亲嘴,互相觑着,孩子气的"嘿嘿,看猫呵!"那样喊着哄着,于是丈夫笑了。玩一会会儿,困倦起来,慢慢地合上眼。人睡定后,放上床,站在床边看着,听远处一传一递的鸡叫,知道天快到什么时候了,于是仍然蜷到小床上睡去。天亮后,虽不做梦,却可以无意中闭眼开眼,看一阵在面前空中变幻无端的黄边紫心葵花,那是一种真正的享受。

萧萧嫁过了门,做了拳头大丈夫的小媳妇,一切并不比先前受苦,这只看她一年来身体发育就可明白。风里雨里过日子,像一株长在园角落不为人注意的蓖麻,大叶大枝,日增茂盛。这小女人简直是全不为丈夫设想那么似的,一天比一天长大起来了。

夏夜光景说来如做梦。大家饭后坐到院中心歇凉,挥摇蒲扇,看天上的星同屋角的萤,听南瓜棚上纺织娘咯咯拖长声音纺车,远近声音繁密如落雨,禾花风悠悠吹到脸上,正是让人在各种方便中说笑话的时候。

萧萧好高,一个人常常爬到草料堆上去,抱了已经熟睡的丈夫在怀里,轻轻地轻轻地随意唱着自编的四句头山歌。唱来唱去却把自己也催眠起来,快要睡去了。

在院坝中,公公婆婆,祖父祖母,另外还有帮工汉子两个,散乱地坐在小板凳上,摆龙门阵学古,轮流下去打发上半夜。

祖父身边有个烟包,在黑暗中放光。这用艾蒿做成的烟包,是驱逐长脚蚊的得力东西,蜷在祖父脚边,犹如一条乌梢蛇。间或又拿起来晃那么几下。

想起白天场上的事情,祖父开口说话:"我听三金说,前天又有女学生过身。"

大家就哄然笑了起来。

这笑的意义何在?只因为在大家印象中,都知道女学生没有辫子,留下个鹌鹑尾巴,像个尼姑,又不完全像。穿的衣服像洋人,又不是洋人。吃的,用的……总而言之,事事不同,一想起来就觉得怪可笑!

萧萧不大明白,她不笑。所以老祖父又说话了。他说:"萧萧,你长大了,将来也会做女学生!"

大家于是更哄然大笑起来。

萧萧为人并不愚蠢,觉得这一定是不利于己的一件事情,所以接口便说:"爷爷,我不做女学生。"

"你像个女学生,不做可不行。"

"我不做。"

众人有意取笑，异口同声地说："萧萧，爷爷说得对，你非做女学生不行！"

萧萧急得不知如何："做就做，我不怕。"其实做女学生有什么不好，萧萧全不知道。

女学生这东西，在本乡的确永远是奇闻。每年一到六月天，据说放"水假"日子一到，照例便有三三五五女学生，由一个荒谬不经的热闹地方来，到另一个远地方去，取道从本地过身。从乡下人眼中看来，这些人都近于另一世界中活下的人，装扮奇奇怪怪，行为更不可思议。这种女学生过身时，使一村人都可以说一整天的笑话。

祖父是当地一个人物，因为想起所知道的女学生在大城中的生活情形，所以说笑话要萧萧也去做女学生。一面听到这话，就感觉一种打哈哈趣味，一面还有那被说的萧萧感觉一种惶恐，说这话不为无意义了。

女学生由祖父方面所知道的是这样一种人：她们穿衣服不管天气冷热，吃东西不问饥饱，晚上交到子时才睡觉，白天正经事全不做，只知唱歌打球，读洋书。她们都会花钱，一年用的钱可以买十六只水牛。她们在省里京里想往什么地方去时，不必走路，只要钻进一个大匣子中，那匣子就可以带她到地方。城市中还有各种各样的大小不同匣子，都用机器开动。她们在学校，男女在一处上课读书，人熟了，就随意同那男子睡觉，也不要媒人，也不要财礼，名叫"自由"。她们也做州县官，带家眷上任，男子仍然喊作"老爷"，小孩子叫"少爷"。她们自己不养牛，却吃牛奶羊奶，如小牛小羊，买那奶时是用铁罐子盛的。她们无事时到一个唱戏地方去，那地方完全像个大庙，从衣袋中取出一块洋钱来（那洋钱在乡下可买五只母鸡），买了一小方纸片儿，拿了那纸片到里面去，就可以坐下看洋人扮演的影子戏。她们被冤了，不赌咒，不哭。她们年纪有老到二十四岁还不肯嫁人的，有老到三十四十居然还好意思嫁人的。她们不怕男子，男子不能使她们受委屈，一受委屈就上衙门打官司，要官罚男子的款，这笔钱她有时独占自己花用，有时和官平分。她们不洗衣煮饭，也不养猪喂鸡，有了小孩子，也只花五块钱或十块钱一月，雇个人专管小孩，自己仍然整天看戏打牌，或者读那些没有用处的闲书……

总而言之，说来事事都稀奇古怪，和庄稼人不同，有的简直还可说岂有此理。这时经祖父一说明，听过这话的萧萧，心中却忽然有了一种模模糊糊的愿望，以为倘若她也是个女学生，她是不是照祖父说的女学生一个样子去做那些事情？不管好歹，女学生并不可怕，因此一来，却已为这乡下姑娘初次体念到了。

因为听祖父说起女学生是怎样的人物，到后萧萧独自笑得特别久。笑够了时，她说："爷爷，明天有女学生过路，你喊我，我要看看。"

"你看，她们捉你去做丫头。"

"我不怕她们。"

"她们读洋书念经你也不怕？"

"念观音菩萨消灾经，念紧箍咒，我都不怕。"

"她们咬人，和做官的一样，专吃乡下人，吃人骨头渣渣也不吐，你不怕？"

萧萧肯定地回答说："也不怕。"

可是这时节萧萧手上所抱的丈夫，不知为什么，在睡梦中哭了，媳妇于是用做母亲的声势，半哄半吓地说："弟弟，弟弟，不许哭，不许哭，女学生咬人来了。"

丈夫还仍然哭着，得抱起各处走走。萧萧抱着丈夫离开了祖父，祖父同人说另外一样古话去了。

萧萧从此以后心中有个"女学生"。做梦也便常常梦到女学生，且梦到同这些人并排走路。仿佛也坐过那种自己会走路的匣子，她又觉得这匣子并不比自己跑路更快。在梦中那匣子的形体同谷仓差不多，里面还有小小灰色老鼠，眼珠子红红的，各处乱跑，有时钻到门缝里去，把个小尾巴露在外边。

因为有这样一段经过，祖父从此喊萧萧不喊"小丫头"，不喊"萧萧"，却唤作"女学生"。在不经意中萧萧答应得很好。

乡下的日子也如世界上一般日子，时时不同。世界上人把日子糟蹋，和萧萧一类人家把日子吝惜是同样的，各有所得，各属分定。许多城市中文明人，把一个夏天完全消磨到软绸衣服、精美饮料以及种种好事情上面。萧萧的一家，因为一个夏天的劳作，却得了十多斤细麻，二三十担瓜。

做小媳妇的萧萧，一个夏天中，一面照料丈夫，一面还绩了细麻四斤。到秋八月工人摘瓜，在瓜间玩，看硕大如盆、上面满是灰粉的大南瓜，成排成堆摆到地上，很有趣味。时间到摘瓜，秋天真的已来了，院子中各处有从屋后林子里树上吹来的大红大黄木叶。萧萧在瓜旁站定，手拿木叶一束，为丈夫编小小笠帽玩。

工人中有个名叫花狗，年纪二十三岁，抱了萧萧的丈夫到枣树下去打枣子。小小竹竿打在枣树上，落枣满地。

"花狗大[1]，莫打了，太多了吃不完。"

虽这样喊，还不动身。到后，仿佛完全因为丈夫要枣子，花

---

[1] 花狗大的"大"字，即大哥简称。

狗才不听话。萧萧于是又警告她那小丈夫:"弟弟,弟弟,来,不许捡了。吃多了生东西肚子痛!"

丈夫听话,兜了大堆枣子向萧萧身边走来,请萧萧吃枣子。

"姐姐吃,这是大的。"

"我不吃。"

"要吃一颗!"

她两手哪里有空!木叶帽正在制边,工夫要紧,还正要个人帮忙!

"弟弟,把枣子喂我口里。"

丈夫照她的命令做事,做完了觉得有趣,哈哈大笑。

她要他放下枣子帮忙捏紧帽边,便于添加新木叶。

丈夫照她吩咐做事,但老是顽皮地摇动,口中唱歌。这孩子原来像一只猫,欢喜时就得捣乱。

"弟弟,你唱的是什么?"

"我唱花狗大告我的山歌。"

"好好地唱一个给我听。"

丈夫于是帮忙拉着帽边,一面就唱下去,照所记到的歌唱:

> 天上起云云起花,
> 苞谷林里种豆荚,
> 豆荚缠坏苞谷树,
> 娇妹缠坏后生家。

> 天上起云云重云,
> 地下埋坟坟重坟,

> 娇妹洗碗碗重碗,
> 娇妹床上人重人。

歌中意义丈夫全不明白,唱完了就问萧萧好不好。萧萧说好,并且问跟谁学来的,她知道是花狗教他的,却故意盘问他。

"花狗大告我,他说还有好多歌,长大了再教我唱。"

听说花狗会唱歌,萧萧说:"花狗大,花狗大,你唱一个好听的歌我听听。"

那花狗,面如其心,生长得不很正气,知道萧萧要听歌,人也快到听歌的年龄了,就给她唱"十岁娘子一岁夫"。那故事说的是妻年大,可以随便到外面做一点儿不规矩事情;夫年小,只知吃奶,让他吃奶。这歌丈夫完全不懂,懂到一点儿的是萧萧。把歌听过后,萧萧装成"我全明白"那种神气,她用生气的样子,对花狗说:"花狗大,这个不行,这是骂人的歌!"

花狗分辩说:"不是骂人的歌。"

"我明白,是骂人的歌。"

花狗难得说多话,歌已经唱过了,错了赔礼,只有不再唱。他看她已经有点儿懂事了,怕她回头告祖父,会挨顿臭骂,就把话支吾开,扯到"女学生"上头去。他问萧萧,看不看过女学生习体操唱洋歌的事情。

若不是花狗提起,萧萧几乎已忘却了这事情。这时又提到女学生,她问花狗近来有没有女学生过路,她想看看。

花狗一面把南瓜从棚架边抱到墙角去,告她女学生唱歌的事情,这些事的来源还是萧萧的那个祖父。他在萧萧面前说了点儿大话,说他曾经到官路上见过四个女学生,她们都拿的有旗子,走长路流汗喘气之中仍然唱歌,同军人所唱的一模一样。不消说,这自然完全是胡诌的笑话。可是那故事把萧萧可乐坏了,因为花狗说这个就叫作"自由"。

花狗是起眼动眉毛、一打两头翘、会说会笑的一个人。听萧萧带着歆羡口气说"花狗大,你膀子真大",他就说:"我不只膀子大。"

"你身个子也大。"

"我全身无处不大。"

萧萧还不大懂得这个话的意思,只觉得憨而好笑。

到萧萧抱了她的丈夫走去以后,同花狗在一起摘瓜,取名字叫哑巴的,开了平时不常开的口。

"花狗,你少坏点儿。人家是十三岁黄花女,还要等十年才圆房!"

花狗不作声,打了那伙计一巴掌,走到枣树下捡落地枣去了。

到摘瓜的秋天,日子计算起来,萧萧过丈夫家有一年半了。

几次降霜落雪,几次清明谷雨,一家中人都说萧萧是大人了。天保佑,喝冷水,吃粗粝饭,四季无疾病,倒发育得这样快。婆婆虽生来像一把剪子,把凡是给萧萧暴长的机会都剪去了,但乡下的日头同空气都帮助人长大,却不是折磨可以阻拦得住。

萧萧十五岁时已高如成人,心却还是一颗糊糊涂涂的心。

人大了一点儿,家中做的事也多了一点儿。绩麻、纺车、洗衣、照料丈夫以外,打猪草、推磨一些事情也要做,还有浆纱织布。凡事都学,学学就会了。乡下习惯凡是行有余力的都可从劳作中攒点儿本分私房,两三年来仅仅萧萧个人份上所聚集的粗细麻和纺就的棉纱,也够萧萧坐到土机上抛三个月的梭子了。

丈夫早断了奶。婆婆有了新儿子，这五岁儿子就像归萧萧独有了。不论做什么，走到什么地方去，丈夫总跟在身边。丈夫有些方面很怕她，当她如母亲，不敢多事。他们俩实在感情不坏。

地方稍稍进步，祖父的笑话转到"萧萧你也把辫子剪去好自由"那一类事上去了。听着这话的萧萧，某个夏天也看过了一次女学生，虽不把祖父笑话认真，可是每一次在祖父说过这笑话以后，她到水边去，必不自觉地用手捏着辫子末梢，设想没有辫子的人那种神气，那点儿趣味。

因为打猪草，带丈夫上螺蛳山的山阴是常有的事。

小孩子不知事故，听别人唱歌也唱歌。一开腔唱歌，就把花狗引来了。

花狗对萧萧生了另外一种心，萧萧有点儿明白了，常常觉得惶恐不安。但花狗是男子，凡是男子的美德恶德都不缺少，劳动力强，手脚勤快，又会玩会说，所以一面使萧萧的丈夫非常欢喜同他玩，一面一有机会即缠在萧萧身边，且总是想方设法把萧萧那点儿惶恐减去。

山大人小，到处是树林蒙茸，平时不知道萧萧所在，花狗就站在高处唱歌逗萧萧身边的丈夫，丈夫小口一开，花狗穿山越岭就来到萧萧面前了。

见了花狗，小孩子只有欢喜，不知其他。他原要花狗为他编草虫玩，做竹箫哨子玩，花狗想方法支使他到一个远处去找材料，便坐到萧萧身边来，要萧萧听他唱那使人开心红脸的歌。她有时觉得害怕，不许丈夫走开，有时又像有了花狗在身边，打发丈夫走去反倒好一点儿。终于有一天，萧萧就这样给花狗把心窍子唱开，变成个妇人了。

那时节，丈夫走到山下采刺莓去了，花狗唱了许多歌，到后却向萧萧唱：

娇家门前一重坡,
别人走少郎走多,
铁打草鞋穿烂了,
不是为你为哪个?

末了却向萧萧说:"我为你睡不着觉。"他又说他赌咒不把这事情告给人。听了这些话仍然不懂什么的萧萧,眼睛只注意到他那一对粗粗的手膀子,耳朵只注意到他最后一句话。末了花狗大便又唱了许多歌给她听。她心里乱了。她要他当真对天赌咒,赌过了咒,一切好像有了保障,她就一切尽他了。到丈夫返身时,手被毛毛虫蜇伤,肿了一大片,走到萧萧身边。萧萧捏紧这一只小手,且用口去呵它,吮它,想起刚才的糊涂,才仿佛明白自己做了一点儿不大好的糊涂事。

花狗诱她做坏事情是麦黄四月,到六月,李子熟了,她欢喜吃生李子。她觉得身体有点儿特别,在山上碰到花狗,就将这事情告给他,问他怎么办。

讨论了多久,花狗全无主意。虽以前自己当天赌得有咒,也仍然无主意。原来这家伙个子大,胆量小。个子大容易做错事,胆量小做了错事就想不出办法。

到后,萧萧捏着自己那条乌梢蛇似的大辫子,想起城里了,她说:"花狗大,我们到城里去自由,帮帮人过日子,不好吗?"

"那怎么行?到城里去做什么?"

"我肚子大了。"

"我们找药去。场上有郎中卖药。"

"你赶快找药来,我想……"

"你想逃到城里去自由,不成的。人生面不熟,讨饭也有规矩，不能随便！"

"你这没有良心的，你害了我，我想死！"

"我赌咒不辜负你。"

"负不负我有什么用？帮我个忙，赶快拿去肚子里这块肉吧。我害怕！"

花狗不再作声，过了一会儿，便走开了。不久丈夫从他处拿了大把山里红果子回来，见萧萧一个人坐在草地上眼睛红红的，丈夫心中纳罕。看了一会儿，问萧萧："姐姐，为什么哭？"

"不为什么，灰尘落到眼睛窝里，痛。"

"我吹吹吧。"

"不要吹。"

"你瞧我，得这些这些。"

他把手中拿的和从溪中捡来放在衣口袋里的小蚌、小石头全部陈列到萧萧面前，萧萧泪眼婆婆看了一会儿，勉强笑着说："弟弟，我们要好，我哭你莫告家中。告家中我可要生气！"到后这事情家中当真就无人知道。

过了半个月，花狗不辞而行，把自己所有的衣裤都拿去了。祖父问同住的长工哑巴，知不知道他为什么走路，走哪儿去？是上山落草，还是做薛仁贵投军？哑巴只是摇头，说花狗还欠了他两百钱，临走时话都不留一句，为人少良心。哑巴说他自己的话，并没有把花狗走的理由说明。因此这一家稀奇一整天，谈论一整天。不过这工人既不偷走物件，又不拐带别的，这事情过后不久，自然也就把他忘掉了。

萧萧仍然是往日的萧萧。她能够忘记花狗就好了，但是肚子真有些不同了，肚中东西总在动，使她常常一个人干着急，尽做怪梦。

她脾气坏了一点儿，这坏处只有丈夫知道，因为她对丈夫似乎严厉苛刻了好些。

仍然每天同丈夫在一处,她的心,想到的事自己也不十分明白。她常想,我现在死了,什么都好了。可是为什么要死?她还很高兴活下去,愿意活下去。

家中人不拘谁在无意中提起关于丈夫弟弟的话,提起小孩子,提起花狗,都像使这话如拳头,在萧萧胸口上重重一击。

到九月,她担心人知道更多了,引丈夫庙里去玩,就私自许愿,吃了一大把香灰。吃香灰被她丈夫看见了,丈夫问这是做什么,萧萧就说肚痛,应当吃这个。虽说求菩萨保佑,菩萨当然没有如她的希望,肚子中的东西依旧在慢慢地长大。

她又常常往溪里去喝冷水,给丈夫看见时,丈夫问她,她就说口渴。

一切她所想到的方法都没有能够使她同自己不欢喜的东西分开。大肚子只有丈夫一人知道,他却不敢告这件事给父母晓得。因为时间长久,年龄不同,丈夫有些时候对于萧萧的怕同爱,比对于父母还深切。

她还记得花狗赌咒那一天里的事情,如同记着其他事情一样。到秋天,屋前屋后毛毛虫都结茧,成了各种好看蝶蛾,丈夫像故意折磨她一样,常常提起几个月前被毛毛虫蜇手的旧话,使萧萧心里难过。她因此极恨毛毛虫,见了那小虫就想用脚去踹。

有一天,又听人说有好些女学生过路,听过这话的萧萧,睁了眼做过一阵梦,愣愣地对日头出处痴了半天。

萧萧步花狗后尘,也想逃走,收拾一点儿东西预备跟了女学生走的那条路上城去。但没有动身,就被家里人发觉了。这种打算照乡下人说来是一件大事,于是把她两手捆了起来,丢在灶屋边,饿了一天。

家中追究这逃走的根源,才明白这个十年后预备给小丈夫生儿子继香火的萧萧肚子已被另一个人抢先下了种。这在一家人生活中真是了不得的一件大事!一家人的平静生活,为这件新事全弄乱了。生气的生气,流泪的流泪,骂人的骂人,各按本分乱下去。悬梁、投水、吃毒药,被禁困着的萧萧,诸事漫无边际地全想到了,究竟是年纪太小,舍不得死,却不曾做。于是祖父从现实出发,想出个聪明主意,把萧萧关在房里,派人好好看守着,请萧萧本族的人来说话,照规矩,看是"沉潭"还是"发卖"?萧萧家中人要面子,就沉潭淹死她,舍不得死就发卖。萧萧只有一个伯父,在近处庄子里为人种田,去请他时先还以为是吃酒,到了才知是这样丢脸事情,弄得这老实忠厚的家长手足无措。

大肚子做证,什么也没有可说。照习惯,沉潭多是读过"子曰"的族长爱面子才做出的蠢事。伯父不读"子曰",不忍把萧萧当牺牲,萧萧当然应当嫁人做"二路亲"了。

这也是一种处罚,好像极其自然,照习惯受损失的是丈夫家里,然而却可以在发卖上收回一笔钱,当作损失赔偿。那伯父把这事情告给了萧萧,就要走路。萧萧拉着伯父衣角不放,只是幽幽地哭。伯父摇了一会儿头,一句话不说,仍然走了。

一时没有相当的人家来要萧萧,送到远处去也得有人,因此暂时就仍然在丈夫家中住下。这件事情既经说明白,照乡下规矩,倒又像不什么要紧,只等待处分,大家反而释然了。先是小丈夫不能再同萧萧在一处,到后又仍然如月前情形,姐弟一般有说有笑地过日子了。

丈夫知道了萧萧肚子中有儿子的事情,又知道因为这样萧萧才应当嫁到远处去。但是丈夫并不愿意萧萧去,萧萧自己也不愿意去。大家全莫名其妙，只是照规矩像逼到要这样做，不得不做。究竟是谁定的规矩，是周公还是周婆？也没有人说得清楚。

在等候主顾来看人，等到十二月，还没有人来，萧萧只好在这人家过年。

萧萧次年二月间，十月满足，坐草生了一个儿子，团头大眼，声响洪壮。大家把母子二人照料得好好的，照规矩吃蒸鸡同江米酒补血，烧纸谢神。一家人都欢喜那儿子。

生下的既是儿子，萧萧不嫁别处了。

到萧萧正式同丈夫拜堂圆房时，儿子已经年纪十岁，有了半劳动力，能看牛割草，成为家中生产者一员了。平时喊萧萧丈夫做大叔，大叔也答应，从不生气。

这儿子名叫牛儿。牛儿十二岁时也接了亲，媳妇年长六岁。媳妇年纪大，才能诸事做帮手，对家中有帮助。唢呐吹到门前时，新娘在轿中呜呜地哭着，忙坏了那个祖父、曾祖父。

这一天，萧萧抱了自己新生的毛毛，在屋前榆蜡树篱笆间看热闹，同十年前抱丈夫一个样子。

一九二九年作
一九五七年二月校改字句

○ ○ ○ 三三

杨家碾坊在堡子外一里路的山嘴路旁。堡子位置在山湾里，溪水沿了山脚流过去，平平地流，到山嘴折湾处忽然转急，因此很早就有人利用它，在急流处筑了一座石头碾坊，这碾坊，不知什么时候起，就叫杨家碾坊了。

从碾坊往上看，看到堡子里比屋连墙，嘉树成荫，正是十分兴旺的样子。往下看，夹溪有无数山田，如堆积蒸糕，因此种田人借用水力，用大竹扎了无数水车，用椿木做成横轴同撑柱，圆圆的如一面锣，大小不等竖立在水边。这一群水车，就同一群游手好闲人一样，成日成夜不知疲倦地咿咿呀呀唱着意义含糊的歌。

一个堡子里只有这样一座碾坊，所以凡是堡子里碾米的事都归这碾坊包办，成天有人轮流挑了仓谷来，把谷子倒进石槽里去后，抽去水闸的板，视槽里水冲动了下面的暗轮，石磨盘带着动情的声音，即刻就转动起来了。于是主人一面谈说一件事情，一面清理簸箩筛子，到后头上包了一块白布，拿着一个长把的扫帚，追逐着磨盘，跟着打圈儿，扫除溢出槽外的谷米，再到后，谷子便成白米了。

到米碾好了，筛好了，把米糠挑走以后，主人全身是灰，常常如同一个滚入豆粉里的汤圆，然而这生活，是明明白白比堡子里许多人生活还从容，而为一堡子中人所羡慕的。

凡是到杨家碾坊碾过谷子的，皆知道杨家三三。妈妈十年前嫁给守碾坊的杨，三三五岁，爸爸就丢下碾坊同母女，什么话也不说死去了。爸爸死去后，母亲做了碾坊的主人，三三还是活在碾坊里，吃米饭同青菜、小鱼、鸡蛋过日子，生活毫无什么不同处。三三先是眼见爸爸成天全身是糠灰，到后爸爸不见了，妈妈又成天全身是糠灰……于是三三在哭里笑里慢慢地长大了。

妈妈随着碾槽转，提着小小油瓶，为碾盘的木轴铁心上油，或者很兴奋地坐在屋角拉动架上的筛子时，三三总很安静地自己坐在另一角玩。热天坐到有风凉处吹风，用苞谷秆子做小笼，冬天则伴同猫儿蹲在火桶里，剥灰煨栗子吃。或者有时候从碾米人手上得到一个芦管做成的唢呐，就学着打大傩的法师神气，屋前屋后吹着，半天还玩不厌倦。

这磨坊外屋上墙上爬满了青藤，绕屋全是葵花同枣树，疏疏树林里，常常有三三葱绿衣裳的飘忽。因为一个人在屋里玩厌了，就出来坐在废石槽上洒米头子给鸡吃，在这时，什么鸡欺侮了另一只鸡，三三就得赶逐那横蛮无理的鸡，直等到妈妈在屋后听到鸡声，代为讨情才止。

这磨坊上游有一潭，四面是大树覆荫，六月里阳光照不到水面。碾坊主人在这潭中养的有白鸭子，水里的鱼也比上下溪里特别多。照一切习惯，凡靠自己屋前的水，也算为自己财产的一份。水坝既然全为了碾坊而筑成的，一乡公约不许毒鱼下网，所以这小溪里鱼极多。遇不甚面熟的人来钓鱼，看潭边幽静，想蹲一会儿，三三见到了时，总向人说："不行，这鱼是我家潭里养的，你到下面去钓吧。"人若顽皮一点儿，听了这个话等于不听到，仍然拿着长长的竿子，搁到水面上去安闲地吸着烟管，望着这小姑娘发笑，使三三急了，三三便喊叫她的妈，高声地说："娘，娘，你瞧，有人不讲规矩钓我们的鱼，你来折断他的竿子，你快来！"娘自然是不会来干涉别人钓鱼的。

母亲就从没有照到女儿意思折断过谁的竿子,照例将说:"三三,鱼多咧,让别人钓吧。鱼是会走路的,上面总爷家塘里的鱼,因为欢喜我们这里的水,都跑来了。"三三照例应当还记得夜间做梦,梦到大鱼从水里跃起来吃鸭子,听完这个话,也就没有什么可说了,只静静地看着,看这不讲规矩的人,钓了多少鱼去。她心里记着数目,回头还得告给妈妈。

有时因为鱼太大了一点儿,上了钓,拉得不合适,撇断了钓竿,三三可乐极了,仿佛娘不同自己一伙,鱼反而同自己是一伙了的神气,那时就应当轮到三三向钓鱼人咧着嘴发笑了。但三三却常常急忙跑回去,把这事告给母亲,母女两人同笑。

有时钓鱼的人是熟人,人家来钓鱼时,见到了三三,知道她的脾气,就照例不忘记问:"三三,许我钓鱼吧?"三三便说:"鱼是各处走动的,又不是我们养的,怎么不能钓?"

钓鱼的是熟人时,三三常常搬了小小木凳子,坐在旁边看鱼上钩,且告给这人,另一时谁个把钓竿撇断的故事。到后这熟人回磨坊时,把所得的大鱼分一些给三三家,三三看着母亲用刀破鱼,掏出白色的鱼泡来,就放在地下用脚去踹,发声如放一枚小爆仗,听来十分快乐。鱼洗好了,揉了些盐,三三就忙取麻线来把鱼穿好,挂到太阳下去晒。等待有客时,这些干鱼同辣子炒在一个碗里待客,母亲如想到折钓竿的话,将说:"这是三三的鱼。"三三就笑,心想着:"怎么不是三三的鱼?潭里鱼若不是归我照管,早被看牛小孩捉完了。"

三三如一般小孩,换几回新衣,过几回节,看几回狮子龙灯,就长大了,熟人都说看到三三是在糠灰里长大的。一个堡子里的人,都愿意得到这糠灰里长大的女孩子做媳妇,因为人人都知道这媳妇的装奁是一座石头做成的碾坊。照规矩十五岁的三三,要招郎上门也应当是时候了。但妈妈有了一点儿私心,记得一次签上的话语,不大相信媒人的话语,所以这磨坊还是只有母女二人,一时节不曾有谁添入。

三三大了,还是同小孩子一样,一切得傍着妈妈。母女两人把饭吃过后,在流水里洗了脸,眺望行将下沉的太阳,一个日子就打发走了。有时听到堡子里的锣鼓声音,或是什么人接亲,或是什么人做斋事,"娘,带我去看。"又像是命令又像是请求地说着,若无什么别的理由推辞时,娘总得答应同去。去一会儿,或停顿在什么人家喝一杯蜜茶,荷包里塞满了榛子胡桃,预备回家时,有月亮天什么也不用,就可以走回家。遇到夜色晦黑,燃了一把油柴,毕毕剥剥地响着爆着,什么也不必害怕。若到总爷家寨子里去玩时,总爷家还有长工打了灯笼火把送客,一直送到碾坊外边。只有这类事是顶有趣味的事,在雨里打灯笼走夜路,三三不能常常得到这机会,却常常梦到一人那么拿着小小红纸灯笼,在溪旁走着,好像只有鱼知道这回事。

当真说来,三三的事,鱼知道的比母亲应当还多一点儿,也是当然的。三三在母亲身旁,说的是母亲全听得懂的话,那些凡是母亲不明白的,差不多都在溪边说的。溪边除了鸭子就只有那些水里的鱼,鸭子成天自己嘎嘎嘎地叫个不休,哪里还有耳朵听别人说话?

这个夏天,母女两人一吃了晚饭,不到日黄昏,总常常过堡子里一个人家去,陪一个行将远嫁的姑娘谈天,听一个从小寨来的人唱歌。有一天,照例又进堡子里去,却因为谈到绣花,使三三回碾坊来取样子,三三就一个人赶忙跑回碾坊来,快到屋边时,黄昏里望到溪边有两个人影子,有一个人到树下,拿着一支竿子,好像要下钓的神气,三三心想这一定是来偷鱼的,照规矩喊着:"不许钓鱼,这鱼是有主人的!"一面想走上前看是什么人。

就听到一个人说:"谁说溪里的鱼也有主人,难道溪里活水也可养鱼吗?"

另一人又说:"这是碾坊里小姑娘说着玩的。"

那先一个人就笑了。

旋即又听到第二个人说:"三三,三三,你来,你鱼都捉完了!"

三三听到人家取笑她,声音好像是熟人,心里十分不平!就冲过去,预备看是谁在此撒野,以便回头告给母亲。走过去时,才知道那第二回说话的人是总爷家管事先生,另外同一个从不见面的年轻男人,那男人手里拿的原来只是一个拐杖,不是什么钓竿。那管事先生是一个堡子里知名人物,他认得三三,三三也认识他,所以当三三走近身时,就取笑说:"三三,怎么鱼是你家养的?你家养了多少鱼呀!"

三三见是总爷家管事先生,什么话也不说了,只低下头笑。头虽低低的,却望到那个好像从城里来的人白裤白鞋,且听到那个男子说:"女孩很聪明,很美,长得不坏。"管事的又说:"这是我堡里美人。"两人这样说着,那男子就笑了。

到这时,她猜到男子是对她望着发笑!三三心想:"你笑我干吗?"又想:"你城里人只怕狗,见了狗也害怕,还笑人,真亏你不羞。"她好像这句话已说出了口,为那人听到了,故打量跑去。管事先生知道她要害羞跑了,便说:"三三,你别走,我们是来看你碾坊的。你娘呢?"

"到堡子里听小寨人唱歌去了,是不是?"

"是的。"

"你怎么不欢喜听那个？"

"你怎么知道我不欢喜？"

管事先生笑着说："因为看你一个人回来，还以为你是听厌了那歌，担心这潭里鱼被人偷尽，所以……"

三三同管事先生说着，慢慢地把头抬起，望到那生人的脸目了，白白的脸好像在什么地方看到过，就估计莫非这人是唱戏的小生，忘了搽去脸上的粉，所以那么白……那男子见到三三不再怕人了，就问三三："这是你的家里吗？"

三三说："怎么不是我家里？"

因为这答话很有趣味，那男子就说："你不怕水冲去吗？"

"嘿。"三三抿着小小的美丽嘴唇，狠狠地望了这陌生男子一眼，心里想："狗来了，狗来了，你这人吓倒落到水里，水就会冲去你。"想着当真冲去的情形，一定很是好笑，就不理会这两个人笑着跑去了。

从碾坊取了花样子回向堡子走去的三三，在潭边再上游一点儿，望到那两个白色影子还在前面，不高兴又同这管事先生打麻烦，故跟到这两个人身后，慢慢地走着。听两个人说到城里什么人什么事情，听到说开河，听到说学务局要总爷办学校，因为这两人全都不知道人在后面，所以自己觉得很有趣味。到后又听到管事先生提起碾坊，提起妈妈怎么人好，更极高兴。再到后，就听到那城里男人说："女孩子倒真俏皮，照你们乡下习惯，应当快放人了。"

那管事的先生笑着说："少爷欢喜，要总爷做红叶，可以去说说。不过这碾坊是应当由姑爷管业的。"

三三轻轻地呸了一口，停顿了一下，把两个指头紧紧地塞了耳朵。但仍然听到那两人的笑声,想知道那个由城里来好像唱小生的人还说些什么,故不久就仍然跟上前去了。

那小生说些什么可听不明白,就只听那个管事先生一人说话,那管事先生说:"少爷做了碾坊主人,别的不说,成天可有新鲜鸡蛋吃,也是很值得的!"话一说完,两人又笑了。

三三这次可再不能跟上去了,就坐在溪边的石头上,脸上发着烧,十分生气。心里想:"你要我嫁你,我偏不嫁你!我家里的鸡纵成天下二十个蛋,我也不会给你一个蛋吃。"坐了一会儿,凉凉的风吹脸上,水声淙淙使她记忆到先一时估计中那男子为狗吓倒跌在溪里的情形,可又快乐了,就望到溪里水深处,一人自言自语说:"你怎么这样不中用,管事的救你,你可以喊他救你!"

到宋家时,正听宋家婶子说到一件已经说了一会儿的事情,只听到宋家妇人说:"……他们养病倒稀奇,说是养病,日夜睡在廊下风里让风吹……脸儿白得如闺女,见了人就笑……谁说是总爷的亲戚,总爷见他那种恭敬样子,你还不见到。福音堂洋人还怕他,他要媳妇有多少!"

母亲就说:"那么他养什么病?"

"谁知道是什么病?横顺成天吃那些甜甜的药,在床上躺着,到城里是享福,到乡里也是享福。老庚说,害第三等的病,又说是痨病,说也说不清楚。谁清楚城里人那些病名字!依我想,城里人欢喜害病,所以病的名字也特别多,我们不能因害病耽搁事情,所以除打摆子就只发烧肚泻,别的名字的病,也就从不到乡下来了。"

另外一个妇人因为生过瘰病,不大悦服宋家妇人武断的话,就说:"我不是城里人,可是也害城里人的病。"

"你舅妈是城里人!"

"舅妈关我什么事？"

"你文雅得像城里人，所以才生痧子！"

这样说着，大家全笑了。

母女两人回去时，在路上三三问母亲："谁是白白脸庞的人？"母亲就照先前一时听人说过的话，告给三三，堡子里总爷家中，如何来了一位城里的病人，样子如何美，性情如何怪。一个乡下人，对于城中人隔膜的程度，在那些描写里是分明易见的，自然说得十分好笑。在平常某个时节，三三对于母亲在叙述中所加的批评与稍稍过分的形容，总觉得母亲说得极其俨然，十分有味，这时不知如何却不大相信这话了。

走了一会儿，三三忽问："娘，娘，你见到那个城里白脸人没有呢？"

妈妈说："我怎么见到他？我这几天又不到总爷家里去。"

三三心想："你不见到怎么说了那么半天？"

三三知道妈妈不见到的自己倒早见到了，把这件事秘密着，却十分高兴，以为只有自己明白这件事情，凡是说到城里人的都不甚可靠。

两人到潭边，三三又问："娘，你见到总爷家管事先生没有？"

若是娘说没有见过，反问她一句，那么，三三就预备把先前遇到总爷家那两个人的一切，都说给妈妈听了。但母亲这时正想到别一个问题，完全不关心到三三身上的事，所以三三把今天的事瞒着母亲，一个字不提。

第二天，三三的母亲到堡子里去，在总爷家门前，碰到那个从城里来的白脸客人，同总爷的管事先生。那管事先生告她，说他们昨天曾到碾坊前散步，见到三三，又告给母亲说，这客人是从城里来养病的客人。到后就又告给那客人，说这个人就是碾坊的主人杨伯妈。那人说，真很同三三小姐相像。那人又说三三长得很好，很聪敏，做母亲的真福气。说了一阵话，把这老妇人说快乐了，在心中展开了一个幻想，想到自己觉得有些近于糊涂的事情，忙匆匆地回到碾坊去，望到三三痴笑。

三三不知母亲为什么今天特别乐，就问母亲到了些什么地方，遇着了谁。

母亲想应当怎么说才好，想了许久才说："三三，昨天你见到谁？"

三三说："我见到谁？"

娘就笑了："三三你记记，晚上天黑时，你不见到两个人吗？"

三三以为是娘知道一切了，就忙说："人是有两个的，一个是总爷家管事的先生，一个是生人……怎么……"

"不怎么。我告你，那个生人就是城里来的少爷，今天我见到他们，他们说已经同你认识了，所以我们说了许多话。那少爷像个姑娘样子。"母亲说到这里时，想起一件事情好笑。

三三以为妈妈是在笑她，偏过头去看土地上灶马，不理母亲。

母亲说："他们问我要鸡蛋，你下半天送二十个去，好不好？"

三三听到说鸡蛋，打量昨天两个男人说的笑话都为母亲知道了，心里很不高兴，说道："谁去送他们鸡蛋！娘，娘，我说……他们是坏人！"

母亲奇怪极了，问："怎么是坏人？"

三三红了脸不愿答应，母亲说："三三，你说什么事？"

迟了许久，三三才说："他们背地里要找总爷做媒，把我嫁给那个白脸人。"

母亲听到这话什么也不说,笑了好一阵。到后看到三三要跑了,才拉着三三说:"小报应,管事先生他们说笑话,这也生气吗?谁敢欺侮你?总爷是一堡子的主人,他会为你骂他们!……"

说到后来三三也被说笑了。

她到后来就告给娘城里人如何怕狗的话,母亲听到不作声,好久以后,才说:"三三,你真还像个小丫头,什么也不懂。"

第二天,妈妈要三三送鸡蛋到总爷家去,三三不说什么,只摇头,妈妈既然答应了人家,就只好亲自送去。母亲走后,三三一个人在碾坊里玩,玩厌了又到潭边去看白鸭,看了一会儿鸭子,等候母亲还不回来,心想莫非管事先生同妈妈吵了架,或者天热到路上发了痧?……心里老不自在,回到碾坊里去。

但母亲可仍然回来了,回到碾坊一脸的笑,跨着脚如一个男子神气,坐到小凳上,告给三三如何见到那少爷,那少爷如何要她坐到那个用粗布做成的软椅子上去,摇着荡着像一个摇篮。又说到城里人说的三三如何不念书,城里女人是全念书。又说到……

三三正因为等了母亲大半天,十分不高兴,如今听母亲说到的话,莫名其妙,不愿意再听,所以不让母亲说完就走了。走到外边站在溪岸旁,望着清清的溪水,记起从前有人告诉她的话,说这水流下去,一直从山里流一百里,就流到城里了。她这时忖想……什么时候我一定也不让谁知道,就要流到城里去,一到城里就不回来了。但若果当真要流去时,她愿意那碾坊,那些鱼,那些鸭子,以及那一只花猫,同她在一处流去。同时还有她很想母亲永远和她在一处,她才能够安安静静地睡觉。

母亲不见到三三了,站在碾坊门前喊着:"三三,三三,天气热,你脸上晒出油了,不要远走,快回来!"

三三一面走回来一面就自己轻轻地说:"三三不回来了!"

下午天气较热,倦人极了,躺到屋角竹凉床上的三三,耳中听着远处水车陆续的懒懒的声音,眯着眼睛觑母亲头上的髻子,仿佛一个瘦人的脸。越看越活,蒙蒙眬眬便睡着了。

她还似乎看到母亲包了白帕子,拿着扫帚追赶碾盘,绕屋打着圈儿,就听到有人在外面说话,提到她的名字。

只听人说:"三三到什么地方去了,怎么不出来?"

她奇怪这声音很熟,又想不起是谁的声音,赶忙走出去,站在门边打望,才望到原来又是那个白脸的人,规规矩矩坐在那儿钓鱼,过细看了一下,却看到那个钓竿,是总爷家管事先生的烟杆。

拿一根烟杆钓鱼,倒是极新鲜的事情,但身旁似乎又已经得到了许多鱼,所以三三非常奇怪,正想走去告母亲,忽然管事先生也从那边来了。

好像又是那一天的那种情景,天上全是红霞,妈妈不在家,自己回来原是忘了把鸡关到笼子里,故跑回来捉鸡的。如今碰到这两个人,管事先生同那白脸城里人,都站立在那石墩子上,轻轻地商量一件事情,这两人声音很轻,三三却听得出是一件关于不利于己的行为。因为听到说这些话,又不能嗾人走开,又不能自己走开,三三就非常着急,觉得自己的脸上也像天上的霞一样。

那个管事先生装作正经人样子说:"我们来买鸡蛋的,要多少钱把多少钱。"

那个城里人,也像唱戏小生那么把手一扬,就说:"你说错了,要多少金子把多少金子。"

三三因为人家用金子恐吓她,所以说:"可是我不卖给你,不想你的钱,你搬你家大块金子到场上去买吧。"

管事先生于是又说:"你不卖行吗?你舍不得鸡蛋为我做人情,你想想,妈妈以后写庚帖还少得了管事先生没有?"

　　那城里人于是又说:"向小气的人要什么鸡蛋,不如算了吧?"

　　三三生气似的大声说:"就算我小气也行,我把鸡蛋喂虾米,也不卖给人,因为我们不羡慕别人的金子宝贝。你同别人去说金子,恐吓别人吧。"

　　可是两个人还不走,三三心里就有点儿着急,很愿意来一只狗向两个人扑去。正那么打量着,忽然从家里就扑出来一条大狗,全身是白色,大声汪汪地吠着,从自己身边冲过去,即刻这两个恶人就落到水里去了。

　　于是溪里的水起了许多水花,起了许多大泡,管事先生露出一个光光的头在水面,那城里人则长长的头发,缠在贴近水面的柳树根上,情景十分有趣。

　　可是一会儿水面什么也没有了,原来那两个人在水里摸了许多鱼,全拿走了。

　　三三想去告给妈妈,一滑就跌下了。

　　刚才的事原来是做一个梦。母亲似乎是在灶房煮午饭,因为听到三三梦里说话,才赶出来的。见三三醒了,摇着她问:"三三,三三,你同谁吵闹?"

　　三三定了一会儿神,望妈妈笑着,什么也不说。

　　妈妈说:"起来看看,我今天为你焖芋头吃。你去照照镜子,脸睡得一片红!"虽然照到母亲说的,去照了镜子,还是一句话不说。人虽醒了还记到梦里一切的情景,到后来又想起母亲说的同谁吵闹的话,才反去问母亲,听到吵闹些什么话。妈妈自然是不注意这些的,所以说听不分明,三三也就不再问什么了。

直到吃饭时,妈妈还说到脸上睡得发红,所以三三就告给老人家先前做了些什么梦,母亲听来笑了半天。

第二次送鸡蛋去时,三三也去了。那时是下午,吃过饭后,两人进了总爷家的大院子。在东边偏院里看到城里来的那个客,正躺在廊下藤椅上,望到天上飞的鸽子。管事的不在家,三三认得那个男子,不大好意思上前去,就让母亲过去,自己站在月门边等候。母亲上前去时,三三又为出主意,要妈妈站在门边大声说"送鸡蛋的来了",好让他知道。母亲自然什么都照到三三主意做去,三三听到母亲说这句话,说到第三次,才被那个白白脸庞的少爷注意到,自己就又急又笑。

三三这时是站在月门外边的,从门罅里向里面窥看,只见到那白脸人站起身来,又坐下去,正像梦里那种样子,同时就听到这个人同母亲说话,说到天气同别的事情,妈妈一面说话一面尽掉过头来望到三三所在的一边,白脸人以为她就要走去了,便说:"老太太,你坐坐,我同你说话很好。"

妈妈于是坐下了,可是同时那白脸城里人也注意到那一面门边有一个人等候了:"谁在那里,是不是你的小姑娘?"

看到情形不好,三三就想跑,可是一回头,却望到管事先生站在身后,不知已站了多久,打量逃走自然是难办到的,到后被管事先生拉着牵进小院子来了。

听到那个人请自己坐下,听到那个人同母亲说那天在溪边见到自己的情形,三三眼望另一边,傍近母亲身旁,一句话不说。

坐了一会儿,出来了一个穿白袍戴白帽古怪装扮的女人,三三先还以为是男子,不敢细细地望,到后听到这女人说话,且看她站在城里人身旁,用一根小小管子塞进那白脸男子口里去,又抓了男子的手捏着，捏了好一会儿，拿一支好像笔的东西，在一张纸上写了些什么记号。那少爷问："多少豆？"就听她回答说："同昨天一样。"且因为另外一句话听到这个人笑，才晓得那是一个女人，这时似乎妈妈那一方面，也刚刚才明白这是一个女人，且听到说"多少豆"，以为奇怪，所以两人互相望到都笑了。

看着这母女生疏疏的情形，那白袍子女人也觉得好笑，就不即走开。

那白脸城里人说："周小姐，你到这地方来一个朋友也没有，就同这个小姑娘做个朋友吧。她家有个好碾坊，在那边溪头，有一个动人的水车，前面一点儿还有一个好堰堤，你同她做朋友，就可到那儿去玩，还可以钓些鱼回来。你同她去那边林子里玩玩吧，要这小姑娘告你那些花名草名。"

这周小姐就笑着过来，拖了三三的手，想带她走去，三三想不走，望到母亲，母亲却做样子努嘴要她去，不能不走。

可是到了那一边，两人即刻就熟了。那看护把关于乡下的一切，这样那样问了她许多，她一面答着，一面想问那女人一些事情，却找不出一句可问的话，只很稀奇地望到那一顶白帽子发笑。

过后听到母亲在那边喊自己的名字，三三也不知道还应当同看护告别，还应当说些什么话，只说妈妈喊我回去，我要走了，就一个人忙忙地跑回母亲身边，同母亲走了。

母女两人回到路上走过了一个竹林，竹林里恰正当晚霞的返照，满竹林是金色的光。三三把一个空篮子戴在头上，扮作钓鱼翁的样子，同时想起总爷家养病服侍病人那个戴白帽子女人，就同妈妈说："娘，你看那个女人好不好？"

母亲说："哪一个女人？"

三三好像以为这答复是母亲故意装作不明白的样子，故稍稍有点儿不高兴，向前走去了。

妈妈在后面说："三三，你说谁？"

三三就说："我说谁，我问你先前那个女子，你还问我！"

"我怎么知道你是说谁？你说那姑娘，脸庞红红白白的，是说她吗？"

三三才停着了脚，等着她的妈。且想起自己无道理处，悄悄地笑了。母亲赶上了三三，推着她的背："三三，那姑娘长得体面，你说是不是？"

三三本来就觉得这人长得体面，听到妈妈先说，所以就故意说："体面什么？人高得像一条菜瓜，也算体面！"

"人家是读过书来的，你不看过她会写字吗？"

"娘，那你明天要她拜你做干妈吧。她读过书，娘你近来只欢喜读书的。"

"嘿，你瞧你！我说读书好，你就生气。可是……你难道不欢喜读书的吗？"

"男人读书还好，女人读书讨厌咧。"

"你以为她讨厌，那我们以后讨厌她得了。"

"不，干吗说'讨厌她得了'？你并不讨厌她！"

"那你一人讨厌她好了。"

"我也不讨厌她！"

"那是谁该讨厌她？三三，你说。"

"我说，谁也不该讨厌她。"

母亲想着这个话就笑，三三想着也笑了。

三三于是又匆匆地向前走去，因为黄昏太美了，三三不久又停顿在前面枫树下了,还要母亲也陪她坐一会儿,送那片云过去再走。母亲自然不会不答应的。两人坐在那石条子上,三三把头上的竹篮儿取下后,用手整理到头发,就又想起那个男人一样短短头发的女人。母亲说:"三三,你用围裙揩揩脸,脸上出汗了。"三三好像不听到妈妈的话,眺望另一方,她心中出奇,为什么有许多人的脸,白得像茶花。她不知不觉又把这个话同母亲说了,母亲就说,这就是他们称呼为城里人的理由,不必擦粉脸也总是很白的。

三三说:"那不好看。"母亲也说:"那自然不好看。"三三又说:"宋家的黑子姑娘才真不好看。"母亲因为到底不明白三三意思所在,所以再不敢掺言,就只貌作留神地听着,让三三自己去做结论。

三三的结论就只是故意不同母亲意见一致,可是母亲若不说话时,自己就不须结论,也闭了口,不再作声了。

另外某一天,有人从大寨里挑谷子来碾坊的,挑谷子的男人走后,留下一个女人在旁边照料一切。这女人具一种欢喜说话的性格,且不久才从六十里外一个寨上吃喜酒回来,有一肚子的故事同许多消息,得同一个人说说才舒服,所以就拿来与碾坊母女两人说。母亲因为自己有一个女儿,有些好奇的理由,专欢喜问人家到什么地方吃喜酒,看到些什么体面姑娘,看到些什么好嫁妆。她还明白,照例三三也愿意听这些故事。所以就向那个人,问了这样又问那样,要那人一五一十说出来。

三三听到这些话,却静静地坐在一旁,用耳朵听着,一句话不说,有时说的话那女人以为不是女孩子应当听的,声音较低时,三三就装作毫不注意的神气,用绳子结连环玩,实际上仍然听得清清楚楚。因为听到那些怪话,三三忍不住要笑了,却别过头去悄悄地笑，不让那个长舌妇人注意到。

到后那两个老太太，自然而然就说到总爷家中的来客，且说及那个白袍白帽的女人了。那妇人说她听说这白帽白袍女人，是用钱雇来的，雇来照料那个少爷，好几两银子一天。但她却又以为这话不十分可靠，她以为这人一定就是城里人的少奶奶，或者小姨太太。

三三妈妈的意见却同那人的恰恰相反，她以为那白袍女人，绝不是少奶奶。

那妇人就说："你怎么知道绝不是少奶奶？"

三三的妈说："怎么会是少奶奶？"

那人说："你告我些道理。"

三三的妈说："自然有道理，可是我说不出。"

那人说："你又不看到，你怎么会知道？"

三三的妈说："我怎么不看到……"

两人争着不能解决，又都不能把理由说得完全一点儿，尤其是三三的母亲，又忘记说是听到过那少爷喊叫过周小姐的话来做证据，三三却记到许多话，只是不高兴同那个妇人去说，所以三三就用别种的方法打乱了两人不能说清楚的问题。三三说："娘，莫争这些事情，帮我洗头吧，我去热水。"

到后那妇人把米碾完挑走了，把水热好了的三三，坐在小凳上一面解散头发，一面带着抱怨神气向她娘说："娘，你真奇怪，欢喜同那老婆子说空话。"

"我说了些什么空话？"

"人家媳妇不媳妇关你什么事？"

……

母亲想起什么事来了，抿着口痴了半天，轻轻地叹了一口气。

过几天，那个白帽白袍的女人，却同总爷家一个小女孩子到碾坊来玩了，玩了大半天，说了许多话，妈妈因为第一次有这么一个客人，所以走出走进，只想杀一只母鸡留客吃饭，但又不敢开口，所以十分为难。

三三则把客人带到溪下游一点儿有水车的地方去，玩了好一阵，在水边摘了许多金针花，回来时又取了钓竿，搬了凳子，到溪边去陪白帽子女人钓鱼。

溪里的鱼好像也知道凑趣。那女人一根钓竿，一会儿就得了四条大鲫鱼，使她十分欢喜。到后应当回去了，女人不肯拿鱼回去，母亲可不答应，一定要她拿去。并且因为白帽子女人说南瓜子好吃，就又另外取了一口袋的生瓜子，要同来的那个小女孩代为拿着。

再过几天那白脸人同总爷家管事先生，也来钓了一次鱼，又拿了许多礼物回去。

再过几天那病人却同女人在一块儿来了，来时送了一些用瓶子装的糖，还送了些别的东西，使主人不知如何措置手脚。因为不敢留这两个尊贵人吃饭，所以到两人临走时，三三母亲还捉了两只活鸡，一定要他们带回去。两人都说留到这里生蛋，用不着捉去，还不行，到后说等下一次来再杀鸡，那两只鸡才被开释放下了。

自从这两个客人到碾坊这次以后，碾坊里有点儿不同过去的样子，母女两人说话，提到"城里"的事情就渐渐多了。城里是什么样子，城里有些什么好处，两人本来全不知道。两人用总爷家的派头，同那个白脸男子、白袍女人的神气，以及平常从乡下人听来的种种，作为想象的根据，模拟到城里的一切景况，都以为城里是那么一种样子：一座极大的用石头垒就的城，这城里就有许多好房子，每一栋好房子里面住了一个老爷同一群少爷，每一个人家都有许多成天穿了花绸衣服的女人，装扮得同新娘子一样，坐在家中房里，什么事也不必做。每一个人家，房子里一定都有许多跟班同丫头，跟班的坐在大门前接客人的名片，丫头便为老爷剥莲心去燕窝的毛。城里一定有很多条大街，街上全是车马，城里有洋人，脚杆直直的，就在这类大街上走来走去。城里还有大衙门，许多官如包龙图一样，威风凛凛，一天审案到夜，夜了还得点了灯审案。城里还有铺子，卖的是各样稀奇古怪的东西。城里一定还有许多庙，庙里成天有人唱戏，成天也有人看戏，看戏的全是坐在一条板凳上，一面看戏一面剥黑瓜子。

　　这些情形自然都是实在的。这想象中的都市，像一个故事一样动人，保留在母女两人心上，却永远不使两人痛苦。她们在自己习惯中得到幸福，却又从幻想中得到快乐，所以若说过去的生活是很好的，那到后来可说是更好了。

　　但是，从另外一些记忆上，三三的妈妈却另外还想起了一些事情，因此有好几回同三三说话到城里时，却忽然又住了口不说下去。三三询问这是什么意思，母亲就笑着，仿佛意思就只是想笑一会儿，什么别的意思也没有。

　　三三可看得出母亲笑中有原因，但总没有方法知道这另外原因是件什么事情。或者是妈妈预备要搬进城里，或者是做梦到过城里，或者是因为三三长大了，背影子已像一个新娘子了，妈妈惊讶着，这些躲在老人家心上一角儿的事可多着哪。三三自己也常常发笑，且不让母亲知道那个理由。每次到溪边玩，听母亲喊"三三你回来吧"，三三一面走一面总轻轻地说："三三不回来了，三三永不回来了。"为什么说不回来，不回来又到些什么地方来落脚，三三不曾认真打量过。

　　有时候两人都说到前一晚上梦中去过的城里，看到大衙门大庙的情形，三三总以为母亲到的是一个城里，她自己所到又是一个城里。城里自然有许多，同寨子差不多一样，这个三三老早就想到了的。三三所到的城里一定比母亲所到的还远一点儿，因为母亲凡是梦到城里时，总以为同总爷家那堡子差不多，只不过大了一点儿，却并不很大。三三因为听到那白帽子女人说过，一个城里看护至少就有两百，所以她梦到的就是两百个白帽子人的城里！

妈妈每次进寨子送鸡蛋去，总说他们问三三，要三三去玩，三三却怪母亲不为她梳头。但有时头上辫子很好，却又说应当换干净衣服才去。一切都好了，三三却常常临时又忽然不愿意去了。母亲自然是不强着三三的，但有几次母亲有点儿不高兴了，三三先说不去，到后又去，去到那里，两人是都很快乐的。

人虽不去大寨，等待妈妈回来时，三三总很愿意听听说到那一面的事情。母亲一面说，一面注意三三的眼睛，这老人家懂得到三三心事。她自己以为十分懂得三三，所以有时话说得也稍多了一点儿，譬如关于白帽子女人如何照料白脸男子那一类事，母亲说时总十分温柔，同时看三三的眼睛，也照样十分温柔。于是，这母亲，忽然又想到了远远的什么一件事，不再说下去，三三也想到了另外一件事，不必妈妈说话了，这母女二人就沉默了。

总爷家管事，有次过碾坊来了，来时三三已出到外边往下溪水车边采金针花去了。三三回碾坊时，望到母亲同那个管事先生商量什么似的在那里谈话，管事一见到三三，就笑着什么也不说。三三望望母亲的脸，从母亲脸上颜色，也看出像有些什么事，很有点儿凑巧。

那管事先生见到三三就说："三三，我问你，怎么不到堡子里去玩，有人等你！"

三三望到自己手上那一把黄花，头也不抬说："谁也不等我。"

管事先生说:"你的朋友等你。"

"没有人是我的朋友。"

"一定有人!"

"你说有就有吧。"

"你今年几岁,是不是属龙的?"

三三对这个谈话觉得有点儿古怪,就对妈妈看着,不即作答。

管事先生却说:"你不说我也知道,你妈妈还刚刚告我,四月十七,你看对不对?"

三三心想,四月十七五月十八你都管不着,我又不稀罕你为我拜寿。但因为听说是妈妈告的,三三就奇怪,为什么母亲同别人谈这些话。她就对母亲把小小嘴唇扁了一下,怪着她不该同人说起这些,本来折的花应送给母亲,也不高兴了,就把花放在休息着的碾盘旁,跑出到溪边,拾石子打飘飘梭去了。

不到一会儿,听到母亲送那管事先生出来了,三三赶忙用背对着大路,装着眺望溪对岸那一边牛打架的样子,好让管事先生走去。管事先生见三三在水边,却停顿到路上,喊三姑娘,喊了好几声,三三还故意不理会,又才听到那管事先生笑着走了。

管事先生走后,母亲说:"三三,进屋里来,我同你说话。"三三还是装作不听到,并不回头,也不作答。因为她似乎听到那个管事先生,临走时还说:"三三你还得请我喝酒。"这喝酒意思,她是懂得到的,所以不知为什么,今天却十分不高兴这个人。同时因为这个人同母亲一定还说了许多话,所以这时对母亲也似乎不高兴了。

到了晚上,母亲因为见三三不大说话,与平时完全不同了,母亲说:"三三,怎么,是不是生谁的气?"

三三口上轻轻地说:"没有。"心里却想哭一会儿。

过两天，三三又似乎仍然同母亲讲和了，把一切事都忘掉了，可是再也不提到大寨里去玩，再也不提醒母亲送鸡蛋给人了，同时母亲那一面，似乎也因为了一件事情，不大同三三提到城里的什么，不说是应当送鸡蛋到大寨去了。

日子慢慢地过着，许多人家田堤的新稻，为了好的日头同恰当的雨水，长出的禾穗全垂了头。有些人家的新谷已上了仓，有些人家摘着早熟的禾线，舂出新米各处送人尝新了。

因为寨子里那家嫁女的好日子快到了，搭了信来接母女两人过去陪新娘子，母亲正新给三三缝了一件葱绿布围裙，故要三三去住两天。三三没有什么理由可以说不去，所以母女两人就带了些礼物到寨子里来了。到了那个嫁女的家里，因为一乡的风气，在女人未出阁以前，有展览妆奁的习惯，一寨子的女人皆可来看，所以就见到了那个白帽子的女人。她因为在乡下除了照料病人就无什么事情可做，所以一个月来在乡下就成天同乡下女人玩玩，如今随了别的女人来看嫁妆，所以就碰到了这母女两人。

一见面，这白帽子女人便用城里人的规矩，怪三三母亲，问为什么多久不到总爷家里来看他们，又问三三为什么忘了她，这母女两人自然什么也不好说，只按照到一个乡下人的方法，望到略显得黄瘦了的白帽子女人笑着。后来这白帽子的女人就告给三三妈妈，说病人的病还不什么好，城里医生来了一次，以为秋天还要换换地方，预备八月里就回城去，再要到一个顶远的有海的地方养息。因为不久就要走了，所以她自己同病人，都很想念母女两人，同那个小小碾坊。

这白帽子女人又说曾托过人带信要她们来玩的，不知为什么她们不来。又说她很想再来碾坊那小潭边钓鱼，可是又因为天气热了一点儿。

这白帽子女人，望到三三的新围裙，就说："三三，你这个围腰真美，妈妈自己做的是不是？"

三三却因为这女人一个月以来脸晒红多了，就望着这个人的红脸好笑。

母亲说："我们乡下人，要什么讲究东西，只要穿得上身就好了。"因为母亲的话不大实在，三三就轻轻地接下去说："可是改了三次。"

那白帽子女人听到这个话，向母女笑着："老太太你真有福气，做你女儿的也真有福气。"

"这算福气吗？我们乡下人哪里比得城里人好？"

因为有两个人正抬了一盒礼过去，三三追了过去想看看是什么时，白帽子女人望着三三的背影："老太太，你三姑娘陪嫁的，一定比这家还多。"

母亲也望那一方说："我们是穷人，姑娘嫁不出去的。"

这些话三三都听到，所以看完了那一抬礼，还不即过来。

说了一阵话，白帽子女人想邀母女两人到总爷家去看看病人，母亲看到三三有点儿不高兴，同时且想起是空手，乡下人照例又不好意思空手进人家大门，所以就答应过两天再去。

又过了几天，母女二人在碾坊，因为谈到新娘子敷水粉的事情，想起白帽子女人的脸，一到乡下后就晒红了许多的情形，且想起那天曾答应人家的话了，故妈妈问三三，什么时候高兴去寨子里总爷家看"城里人"，三三先是说不高兴，到后又想了一下，去也不什么要紧，就答应母亲，不拘哪一天去都行。既然不拘什么时候，那么，自然第二天就可以去了。

因为记起那白帽子女人说的话，很想来碾坊玩，所以三三要母亲早上同去,好就便邀客来,到了晚上再由三三送客回去。母亲则因为想到前次送那两只鸡,客答应了下次来吃,所以还预备早早地回来,好杀鸡款客。

一早上,母女两人就提了一篮鸡蛋,向大寨走去。过桥,过竹林,过小小山坡,道旁露水还湿湿的,金铃子像敲钟一样,叮叮地从草里发出声音来,喜鹊喳喳地叫着从头上飞过去。母亲走在三三的后面,看到三三苗条如一根笋子,拿着棍儿一面走一面打道旁的草,记起从前总爷家管事先生问过她的话,不知道究竟是些什么意思。又想到几天以前,白帽子女人说及的话,就觉得这些从三三日益长大快要发生的事,不知还有许多。

她零零碎碎就记起一些属于别人的印象来了……一顶凤冠,用珠子穿好的,搁到谁的头上?二十抬贺礼,金锁金鱼,这是谁?……床上撒满了花,同百果莲子枣子,这是谁?……四个奶妈还说不合适,这是谁?……那三三是不是城里人?……

若不是滑了一下,向前一蹲,这梦还不知如何放肆做下去。

因为听到妈妈口上连作呸呸,三三才回过头来:"娘,你怎么,想些什么,差点儿把鸡蛋篮子也摔了。你想些什么?"

"我想我老了,不能进城去看世界了。"

"你难道欢喜城里吗?"

"你将来一定是要到城里去的!"

"怎么一定?我偏不上城里去!"

"那自然好极了。"

两人又走着,三三忽然又说:"娘,娘,为什么你说我要到城里去?"

母亲忙说:"你不去城里,我也不去城里。城里天生是为城里人预备的,我们自然有我们的碾坊,不会离开。"

不到一会儿,就望到大寨那门楼了,总爷家在大寨南方,门前有许多大榆树和梧桐树,两人进了寨门向南走,快要走到时,就望到些榆树下面,有许多人站立,好像看热闹似的,其中还有一些人,忙手忙脚地搬移一些东西,看情形好像是总爷家发生了什么事情,或者来了远客,或者还有别的原因,所以母女两人也不什么出奇,仍然慢慢地走过去。三三一面走一面说:"莫非是衙门的官来了?娘,我在这里等你,你先过去看看吧。"妈妈随随便便答应着,心里觉得有点儿蹊跷,就把篮子放下要三三等着,自己赶上前去了。

这时恰巧有个妇人抱了自己孩子向北走,预备回家去,看到三三了,就问:"三三,怎么你这样早,有些什么事?"但同时却看到了三三篮里的鸡蛋了,"三三,你送谁的礼呢?"

三三说:"随便带来的。"因为不想同这人说别的话,故低下头去,用手盘弄那个盘云的葱绿围腰扣子。

那妇人又说:"你妈呢?"

三三还是低着头用手向南方指着:"过那边去了。"

那女人说:"那边死了人。"

"是谁死了?"

"就是上个月从城中搬来在总爷家养病的少爷,只说是病,前一些日还常常同管事先生出外面玩,谁知就死了!"

三三听到这个,心里一跳,心想,难道是真话吗?

这时,母亲从那边也知道消息了,匆匆忙忙地跑回来,脸儿白白的,到了三三跟前,什么话也不说,拉着三三就走,好像是告三三,又像是自言自语地说:"就死了,就死了,真不像会死!"

但三三却立定了,三三问:"娘,那白脸先生死了吗?"

"都说是死了的。"

"我们难道就回去吗？"

母亲想想，真的，难道就回去？

因此母女两人又商量了一下，还是到总爷家去看看，知道究竟是些什么原因，三三且想见见那白帽子女人，找到白帽子女人一切就明白了，但一走进总爷家门边，望到许多人站在那里，大门却敞敞地开着，两人又像怕人家知道他们是来送礼的，不敢进去。在那里就听到许多人说到这个白脸人的一切，说到那个白帽子女人，称呼她为病人的媳妇，又说到别的，都显然证明这些人并不同这两个城里人有什么熟识。

三三脸白白地拉着妈妈的衣角，低声地说"走"，两人就走了。

……

到了磨坊，因为有人挑了谷子来在等着碾米，母亲提着蛋篮子进去了，三三站立溪边，眼望一泓碧流，心里好像掉了什么东西，极力去记忆这失去的东西的名称，却数不出。

母亲想起三三了，在里面喊着三三的名字，三三说："娘，我在看虾米呢。"

"来把鸡蛋放到坛子里去，虾米在溪里可以成天看！"因为母亲那么说着，三三只好进去了。磨盘正开始在转动，母亲各处找寻油瓶，三三知道那个油瓶挂在门背后，却不作声，尽母亲各处去找。三三望着那篮子就蹲到地下去数着那篮里的鸡蛋，数了半天，后来碾米的人，问为什么那么早拿鸡蛋往别处去送谁，三三好像不曾听到这个话，站起身来又跑出去了。

一九三一年八月五日至九月十七日作于青岛

○○○ 边城

□ 题 记

对于农人与兵士,怀了不可言说的温爱,这点感情在我一切作品中,随处都可以看出。我从不隐讳这点感情。我生长于作品中所写到的那类小乡城,我的祖父、父亲,以及兄弟,全列身军籍;死去的莫不在职务上死去,不死的也必然地将在职务上终其一生。就我所接触的世界一面,来叙述他们的爱憎与哀乐,即或这支笔如何笨拙,或尚不至于离题太远。因为他们是正直的、诚实的,生活有些方面极其伟大,有些方面又极其平凡,性情有些方面极其美丽,有些方面又极其琐碎——我动手写他们时,为了使其更有人性,更近人情,自然便老老实实地写下去。但因此一来,这作品或者便不免成为一种无益之业了。因为它对于在都市中生长教育的读书人说来,似乎相去太远了。他们需要的应当是另外一种作品,我知道的。

照目前风气说来,文学理论家、批评家,及大多数读者,对于这种作品是极容易引起不愉快的感情的。前者表示"不落伍",告给人中国不需要这类作品,后者"太担心落伍",目前也不愿意读这类作品。这自然是真事。"落伍"是什么?一个有点儿理性的人,也许就永远无法明白,但多数人谁不害怕"落伍"?我有句话想说:"我这本书不是为这种多数人而写的。"大凡念了三五本关于文学理论、文学批评问题的洋装书籍,或同时还念过一大堆古典与近代世界名作的人,他们生活的经验,却常常不许可他们在"博学"之外,还知道一点点中国另外一个地方的另外一种事情。因此这个作品即或与当前某种文学理论相符合,批评家便加以各种赞美,这种批评其实仍然不免成为作者的侮辱。他们既不想明白这个民族真正的爱憎与哀乐,便无法说明这个作品的得失——这本书不是为他们而写的。至于文艺爱好者呢,或是大学生,或是中学生,分布于国内人口较密的都市中,常常很诚实天真地把一部分极可宝贵的时间,来阅读国内新近出版的文学书籍。他们为一些理论家、批评家、聪明出版家,以及习惯于说谎造谣的文坛消息家,同力协作造成的一种习气所控制,所支配,他们的生活,同时又实在与这个作品所提到的世界相去太远了。——他们不需要这种作品,这本书也就不希望得到他们。理论家有各国出版物中的文学理论可以参证,不愁无话可说;批评家有他们欠了点儿小恩小怨的作家与作品,够他们去毁誉一世。大多数的读者,不问趣味如何,信仰如何,皆有作品可读。正因为关心读者大众,不是便有许多人,据说为读者大众,永远如陀螺般在那里转变吗?这本书的出版,即或并不为领导多数的理论家与批评家所弃,被领导的多数读者又并不完全放弃它,但本书作者,却早已存心把这个"多数"放弃了。

这本书只预备给一些"本身已离开了学校,或始终就无从接近学校,还认识些中国文字,置身于文学理论、文学批评,以及说谎造谣消息所达不到的那种职务上,在那个社会里生活,而且极关心全个民族在空间与时间下所有的好处与坏处"的人去看。他们真知道当前农村是什么,想知道过去农村有什么,他们必也愿意从这本书上同时还知道点儿世界一小角隅的农村与军人。我所写到的世界,即或在他们全然是一个陌生的世界,然而他们的宽容,他们向一本书去求取安慰与知识的热忱,却一定使他们能够把这本书很从容地读下去。我并不即此而止,还预备给他们一种对照的机会,将在另外一个作品里,来提到二十年来的内战,使一些首当其冲的农民,性格灵魂被大力所压,失去了原来的朴质、勤俭、和平、正直的型范以后,成了一个什么样子的新东西。他们受横征暴敛以及鸦片烟的毒害,变得如何穷困与懒惰!我将把这个民族为历史所带走向一个不可知的命运中前进时,一些小人物在变动中的忧患,与由于营养不足所产生的"活下去"以及"怎样活下去"的观念和欲望,来做朴素的叙述。我的读者应是有理性的,而这点理性便基于对中国现社会变动有所关心,认识这个民族的过去伟大处与目前堕落处,各在那里很寂寞地从事于民族复兴大业的人。这作品或者只能给他们一点儿怀古的幽情,或者只能给他们一次苦笑,或者又将给他们一个噩梦,但同时说不定,也许尚能给他们一种勇气同信心!

一九三四年四月二十四日记

▫ 新题记

民十随部队入川,由茶峒过路,住宿二日,曾从有马粪城门口至城中二次,驻防一小庙中,至河街小船上玩数次。开拔日微雨,约四里始过渡,闻杜鹃极悲哀。是日翻上棉花坡,约高上二十五里,半路见路劫致死者数人。山顶堡寨已焚毁多日。民二十二至青岛崂山北九水路上,见村中有死者家人"报庙"行列,一小女孩奉灵幡引路。因与兆和约,将写一故事引入所见。九月至平结婚,即在达子营住处小院中,用小方桌在树荫下写第一章。在《国闻周报》发表。入冬返湘看望母亲,来回四十天,在家乡三天,回到北平续写。二十三年母亲死去,书出版时心中充满悲伤。二十年来生者多已成尘成土,死者在生人记忆中亦淡如烟雾,唯书中人与个人生命成一稀奇结合,俨若可以不死,其实作品能不死,当为其中有几个人在个人生命中影响,和几种印象在个人生命中影响。

一九四八年 北平

一

由四川过湖南去,靠东有一条官路。这官路将近湘西边境到了一个地方名为"茶峒"的小山城时,有一小溪,溪边有座白色小塔,塔下住了一户单独的人家。这人家只一个老人,一个女孩子,一只黄狗。

小溪流下去,绕山岨流,约三里便汇入茶峒大河。人若过溪越小山走去,则只一里路就到了茶峒城边。溪流如弓背,山路如弓弦,故远近有了小小差异。小溪宽约二十丈,河床为大片石头做成。静静的河水即或深到一篙不能落底,却依然清澈透明,河中游鱼来去皆可以计数。小溪既为川湘来往孔道,限于财力不能搭桥,就安排了一只方头渡船。这渡船一次连人带马,约可以载二十位搭客过河,人数多时则反复来去。渡船头竖了一支小小竹竿，挂着一个可以活动的铁环，溪岸两端水面横牵了一段废缆，有人过渡时，把铁环挂在废缆上，船上人就引手攀缘那条缆索，慢慢地牵船过对岸去。船将拢岸时，管理这渡船的，一面口中嚷着"慢点，慢点"，自己霍地跃上了岸，拉着铁环，于是人货牛马全上了岸，翻过小山不见了。渡头为公家所有，故过渡人不必出钱。有人心中不安，抓了一把钱掷到船板上时，管渡船的必为一一拾起，依然塞到那人手心里去，俨然吵嘴时的认真神气："我有了口粮，三斗米，七百钱，够了。谁要这个！"

但不成，凡事求个心安理得，出气力不受酬谁好意思，不管如何还是有人要把钱的。管船人却情不过，也为了心安起见，便把这些钱托人到茶峒去买茶叶和草烟，将茶峒出产的上等草烟，一扎一扎挂在自己腰带边，过渡的谁需要这东西必慷慨奉赠。有时从神气上估计那远路人对于身边草烟引起了相当的注意时，这弄渡船的便把一小束草烟扎到那人包袱上去，一面说："大哥，不吸这个吗？这好的，这妙的，看样子不成材，巴掌大叶子，味道蛮好，送人也很合适！"茶叶则在六月里放进大缸里去，用开水泡好，给过路人随意解渴。

管理这渡船的，就是住在塔下的那个老人。活了七十年，从二十岁起便守在这小溪边，五十年来不知把船来去渡了若干人。年纪虽那么老了，骨头硬硬的，本来应当休息了，但天不许他休息，他仿佛便不能够同这一份生活离开。他从不思索自己职务对于本人的意义，只是静静地很忠实地在那里活下去。代替了天，使他在日头升起时，感到生活的力量，当日头落下时，又不至于思量与日头同时死去的，是那个伴在他身旁的女孩子。他唯一的朋友是一只渡船和一只黄狗，唯一的亲人便只那个女孩子。

女孩子的母亲，老船夫的独生女，十五年前同一个茶峒军人唱歌相熟后，很秘密地背着那忠厚爸爸发生了暧昧关系。有了小孩子后，这屯戍兵士便想约了她一同向下游逃去。但从逃走的行为上看来，一个违背了军人的责任，一个却必得离开孤独的父亲。经过一番考虑后，屯戍兵见她无远走勇气，自己也不便毁去做军人的名誉，就心想：一同去生既无法聚首，一同去死应当无人可以阻拦，首先服了毒。女的却关心腹中的一块肉，不忍心，拿不出主张。事情业已为做渡船夫的父亲知道，父亲却不加上一个有分量的字眼儿，只作为并不听到过这事情一样，仍然把日子很平静地过下去。女儿一面怀了羞惭，一面却怀了怜悯，依旧守在父亲身边。待到腹中小孩生下后，却到溪边故意吃了许多冷水死去了。在一种奇迹中，这遗孤居然已长大成人，转眼间便十三岁了。为了住处两山多篁竹，翠色逼人而来，老船夫随便给这个可怜的孤雏拾取了一个近身的名字，叫作"翠翠"。

翠翠在风日里长养着，故把皮肤变得黑黑的，触目为青山绿水，故眸子清明如水晶。自然既长养她且教育她，为人天真活泼，处处俨然如一只小兽物。人又那么乖，如山头黄麂一样，从不想到残忍事情，从不发愁，从不动气。平时在渡船上遇陌生人对她有所注意时，便把光光的眼睛瞅着那陌生人，做成随时皆可举步逃入深山的神气，但明白了面前的人无机心后，就又从从容容地在水边玩耍了。

老船夫不论晴雨，必守在船头。有人过渡时，便略弯着腰，两手缘引了竹缆，把船横渡过小溪。有时疲倦了，躺在临溪大石上睡着了，人在隔岸招手喊过渡，翠翠不让祖父起身，就跳下船去，很敏捷地替祖父把路人渡过溪，一切皆溜刷在行，从不误事。有时又与祖父、黄狗一同在船上，过渡时与祖父一同动手牵缆索。船将近岸边,祖父正向客人招呼"慢点,慢点"时,那只黄狗便口衔绳子,最先一跃而上,且俨然懂得如何方为尽职似的,把船绳紧衔着拖船拢岸。

风日清和的天气,无人过渡,镇日长闲,祖父同翠翠便坐在门前大岩石上晒太阳。或把一段木头从高处向水中抛去,嗾使身边黄狗从岩石高处跃下,把木头衔回来。或翠翠与黄狗皆张着耳朵,听祖父说些城中多年以前的战争故事。或祖父同翠翠两人,各把小竹做成的竖笛,逗在嘴边吹着迎亲送女的曲子。过渡人来了,老船夫放下了竹管,独自跟到船边去,横溪渡人,在岩上的一个,见船开动,于是锐声喊着:"爷爷,爷爷,你听我吹——你唱!"

爷爷到溪中央便很快乐地唱起来,哑哑的声音同竹管声,振荡在寂静空气里,溪中仿佛也热闹了些。实则歌声的来复,反而使一切更寂静。

有时过渡的是从川东过茶峒的小牛,是羊群,是新娘子的花轿,翠翠必争着做渡船夫,站在船头,懒懒地攀引缆索,让船缓缓地过去。牛羊花轿上岸后,翠翠必跟着走,送队伍上山,站到小山头,目送这些东西走去很远了,方回转船上,把船牵靠近家的岸边。且独自低低地学小羊叫着,学母牛叫着,或采一把野花缚在头上,独自装扮新娘子。

茶峒山城只隔渡头一里路,买油买盐时,逢年过节祖父得喝一杯酒时,祖父不上城,黄狗就伴同翠翠入城里去备办东西。到了卖杂货的铺子里,有大把的粉条,大缸的白糖,有炮仗,有红蜡烛,莫不给翠翠一种很深的印象,回到祖父身边,总把这些东西说个半天。那里河边还有许多船,比起渡船来全大得多,有趣味得多,翠翠也不容易忘记。

二

茶峒地方凭水依山筑城，近山一面，城墙俨然如一条长蛇，缘山爬去。临水一面则在城外河边留出余地设码头，湾泊小小篷船。船下行时运桐油、青盐、染色的五倍子。上行则运棉花、棉纱以及布匹、杂货同海味。贯穿各个码头有一条河街，人家房子多一半着陆，一半在水，因为余地有限，那些房子莫不设有吊脚楼。河中涨了春水，到水脚逐渐进街后，河街上人家，便各用长长的梯子，一端搭在自家屋檐口，一端搭在城墙上，人人皆骂着嚷着，带了包袱、铺盖、米缸，从梯子上进城里去，等待水退时，方又从城门口出城。某一年水若来得特别猛一些，沿河吊脚楼，必有一处两处为大水冲去，大家皆在城上头呆望。受损失的也同样呆望着，对于所受的损失仿佛无话可说，与在自然安排下，眼见其他无可挽救的不幸来时相似。涨水时在城上还可望着骤然展宽的河面，流水浩浩荡荡，随同山水从上游浮沉而来的有房子、牛、羊、大树。于是在水势较缓处，税关趸船前面，便常常有人驾了小舢板，一见河心浮沉而来的是一匹牲畜、一段小木，或一只空船，船上有一个妇人或一个小孩哭喊的声音，便急急地把船桨去，在下游一些迎着了那个目的物，把它用长绳系定，再向岸边桨去。这些勇敢的人，也爱利，也仗义，同一般当地人相似。不拘救人救物，却同样在一种愉快冒险行为中，做得十分敏捷勇敢，使人见及不能不为之喝彩。

那条河水便是历史上知名的酉水，新名字叫作白河。白河到辰州与沅水汇流后，便略显浑浊，有出山泉水的意思。若溯流而上，则三丈五丈的深潭皆清澈见底。深潭中为白日所映照，河底小小白石子，有花纹的玛瑙石子，全看得明明白白。水中游鱼来去,皆如浮在空气里。两岸多高山,山中多可以造纸的细竹,长年作深翠颜色,迫人眼目。近水人家多在桃杏花里,春天时只需注意,凡有桃花处必有人家,凡有人家处必可沽酒。夏天则晒晾在日光下耀目的紫花布衣裤,可以作为人家所在的旗帜。秋冬来时,人家房屋在悬崖上的、滨水的,无不朗然入目。黄泥的墙,乌黑的瓦,位置却永远那么妥帖,且与四围环境极其调和,使人迎面得到的印象,实在非常愉快。一个对于诗歌图画稍有兴味的旅客,在这小河中,蜷伏于一只小船上,做三十天的旅行,必不至于感到厌烦。正因为处处有奇迹可以发现,自然的大胆处与精巧处,无一地无一时不使人神往倾心。

白河的源流,从四川边境而来,从白河上行的小船,春水发时可以直达川属的秀山。但属于湖南境界的,茶峒算是最后一个水码头。这条河水的河面,在茶峒时虽宽约半里,当秋冬之际水落时,河床流水处还不到二十丈,其余只是一滩青石。小船到此后,既无从上行,故凡川东的进出口货物,皆从这地方落水起岸。出口货物俱由脚夫用桑木扁担压在肩膀上挑抬而来,入口货物莫不从这地方成束成担地用人力搬去。

这地方城中只驻扎一营由昔年绿营屯丁改编而成的戍兵,及五百家左右的住户(这些住户中,除了一部分拥有了些山田同油坊,或放账屯油、屯米、屯棉纱的小资本家外,其余多数皆为当年屯戍来此有军籍的人家)。地方还有个厘金局,办事机关在城外河街下面小庙里,局长则长住城中。一营兵士驻扎老参将衙门,除了号兵每天上城吹号玩,使人知道这里还驻有军队以外,兵士皆仿佛并不存在。冬天的白日里,到城里去,便只见各处人家门前皆晾晒有衣服同青菜。红薯多带藤悬挂在屋檐下。用棕衣做成的口袋，装满了栗子、榛子和其他硬壳果，也多悬挂在檐口下。屋角隅各处有大小鸡叫着玩着。间或有什么男子，占据在自己屋前门限上锯木，或用斧头劈树，把劈好的柴堆到敞坪里去如一座一座宝塔。又或可以见到几个中年妇人，穿了浆洗得极硬的蓝布衣裳，胸前挂有白布扣花围裙，躬着腰在日光下一面说话一面做事。一切总永远那么静寂，所有人民每个日子皆在这种不可形容的单纯寂寞里过去。一分安静增加了人对于"人事"的思索力，增加了梦。在这小城中生存的，各人自然也一定皆各在分定一份日子里，怀了对于人事爱憎必然的期待。但这些人想些什么？谁知道！住在城中较高处，门前一站便可以眺望对河以及河中的景致，船来时，远远地就从对河滩上看着无数纤夫。那些纤夫也有从下游地方，带了细点心洋糖之类，拢岸时却拿进城中来换钱的。船来时，小孩子的想象，应当在那些拉船人一方面。大人呢，孵一窝小鸡，养两只猪，托下行船夫打副金耳环，带两丈官青布，或一坛好酱油，一个双料的美孚灯罩回来，便占去了大部分做主妇的心了。

　　这小城里虽那么安静和平，但地方既为川东商业交易接头处，故城外小小河街，情形却不同了一点儿。也有商人落脚的客店，坐镇不动的理发馆。此外饭店、杂货铺、油行、盐栈、花衣庄，莫不各有一种地位，装点了这条河街。还有卖船上檀木活车、竹缆与锅罐铺子，介绍水手职业吃码头饭的人家。小饭店门前长案上，常有煎得焦黄的鲤鱼豆腐，身上装饰了红辣椒丝，卧在浅口钵头里。钵旁大竹筒中插着大把朱红筷子，不拘谁个愿意花点儿钱，这人就可以傍了门前长案坐下来，抽出一双筷子捏到手上，那边一个眉毛扯得极细脸上擦了白粉的妇人，就走过来问："大哥，副爷，要甜酒？要烧酒？"男子火焰高一点儿的，谐趣的，对内掌柜有点儿意思的,必故意装成生气似的说:"吃甜酒?又不是小孩子,还问人吃甜酒!"那么,醺洌的烧酒,从大瓮里用木滤子舀出,倒进土碗里,即刻就来到身边案桌上了。这烧酒自然是浓而且香的,能醉倒一个汉子的,所以照例也不会多吃。杂货铺卖美孚油,及点美孚油的洋灯与香烛纸张。油行屯桐油。盐栈堆四川火井出的青盐。花衣庄则有白棉纱、大布、棉花以及包头的黑绉绸出卖。卖船上用物的,百物罗列,无所不备,且间或有重至百斤以外的铁锚,搁在门外路旁,等候主顾问价的。专以介绍水手为事业,吃水码头饭的,在河街的家中,终日大门必敞开着,常有穿青羽缎马褂的船主与毛手毛脚的水手进出,地方像茶馆却不卖茶,不是烟馆又可以抽烟。来到这里的,虽说所谈的是船上生意经,然而船只的上下,划船拉纤人大都有个一定规矩,不必做数目上的讨论。他们来到这里大多数倒是在"联欢"。以"龙头管事"做中心,谈论点儿本地时事、两省商务上的情形,以及下游的"新闻"。邀会的,集款时大多皆在此地;扒骰子看点数多少轮做会首时,也常常在此举行。真真成为他们生意经的,有两件事:买卖船只,买卖媳妇。

　　大都市随了商务发达而产生的某种寄食者,因为商人的需要,水手的需要,这小小边城的河街,也居然有那么一群人,聚集在一些有吊脚楼的人家。这种小妇人不是从附近乡下弄来,便是随同川军来湘后流落的妇人。穿了假洋绸的衣服,印花标布的裤子,把眉毛扯得成一条细线,大大的发髻上敷了香味极浓俗的油类。白日里无事,就坐在门口小凳子上做鞋子,在鞋尖上用红绿丝线挑绣双凤,一面看过往行人,消磨长日。或靠在临河窗口上看水手起货,听水手爬桅子唱歌。到了晚间,却轮流地接待商人同水手,切切实实尽一个妓女应尽的义务。

由于边地的风俗淳朴，便是做妓女，也永远那么浑厚，遇不相熟的主顾，做生意时得先交钱，数目弄清楚后，再关门撒野。人既相熟后，钱便在可有可无之间了。妓女多靠四川商人维持生活，但恩情所结，却多在水手方面。感情好的，别离时互相咬着嘴唇咬着颈脖发了誓，约好了"分手后各人皆不许胡闹"。四十天或五十天，在船上浮着的那一个，同在岸上蹲着的这一个，便皆待着打发这一堆日子，尽把自己的心紧紧缚定远远的一个人。尤其是妇人，情感真挚，痴到无可形容，男子过了约定时间不回来，做梦时，就总常常梦船拢了岸，那一个人摇摇荡荡地从船跳板到了岸上，直向身边跑来。或日中有了疑心，则梦里必见那个男子在桅子上向另一方面唱歌，却不理会自己。性格弱一点儿的，接着就在梦里投河吞鸦片烟；性格强一点儿的，便手执菜刀，直向那水手奔去。他们生活虽那么同一般社会疏远，但是眼泪与欢乐，在一种爱憎得失间，揉进了这些人生活里时，也便同另外一片土地另外一些人相似，全个身心为那点儿爱憎所浸透，见寒作热，忘了一切。若有多少不同处，不过是这些人更真切一点儿，也更糊涂一点儿罢了。短期的包定，长期的嫁娶，一时间的关门，这些关于一个女人身体上的交易，由于民情的淳朴，身当其事的不觉得如何下流可耻，旁观者也就从不用读书人的观念，加以指摘与轻视。这些人既重义轻利，又能守信自约，即便是娼妓，也常常较之知羞耻的城市中人还更可信任。

掌水码头的名叫顺顺，一个前清时便在营伍中混过日子来的人物，革命时在著名的陆军四十九标做个什长。同样做什长的，有因革命成了伟人名人的，有杀头碎尸的，他却带着少年喜事得来的脚疯痛，回到了家乡，把所积蓄的一点儿钱，买了一条六桨白木船，租给一个穷船主，代人装货在茶峒与辰州之间来往。气运好，半年之内船不坏事，于是他从所赚的钱上，又讨了一个略有产业的白脸黑发小寡妇。因此一来，数年后，在这条河上，他就有了八只船，一个妻子，两个儿子了。

但这个大方洒脱的人，事业虽十分顺手，却因欢喜交朋结友，慷慨而又能济人之急，便不能同贩油商人一样大大发作起来。自己既在粮子里混过日子，明白出门人的甘苦，理解失意人的心情，故凡船只失事破产的船家，过路的退伍兵士，游学文墨人，凡到了这个地方，闻名求助的，莫不尽力帮助。一面从水上赚来钱，一面就这样洒脱散去。这人虽然脚上有点儿小毛病，还能泅水；走路难得其平，为人却那么公正无私。水面上各事原本极其简单，一切都为一个习惯所支配，谁个船碰了头，谁个船妨害了别一人别一只船的利益，照例有习惯方法来解决。唯运用这种习惯规矩排调一切的，必需一个高年硕德的中心人物。某年秋天，那原来执事的人死去了，顺顺做了这样一个代替者。那时他还只五十岁，为人既明事明理，正直和平，又不爱财，故无人对他年龄怀疑。

到如今，他的儿子大的已十六岁，小的已十四岁。两个年轻人皆结实如小公牛，能驾船，能泅水，能走长路。凡从小乡城里出身的年轻人所能够做的事，他们无一不做，做去无一不精。年纪较长的，性情如他们爸爸一样，豪放豁达，不拘常套小节。年幼的则气质近于那个白脸黑发的母亲，不爱说话，眼眉却秀拔出群，一望即知其为人聪明而又富于感情。

两兄弟既年已长大，必须在各一种生活上来训练他们的人格，做父亲的就轮流派遣两个小孩子各处旅行。向下行船时，多随了自己的船只充伙计，甘苦与人相共。荡桨时选最重的一把，背纤时拉头纤二纤,吃的是干鱼、辣子、臭酸菜。睡的是硬邦邦的舱板。向上行从旱路走去,则跟了川东客货,过秀山、龙潭、酉阳做生意,不论寒暑雨雪,必穿了草鞋按站赶路。且佩了短刀,遇不得已必须动手,便霍地把刀抽出,站到空阔处去,等候对面的一个,继着就同这个人用肉搏来解决。帮里的风气,既为"对付仇敌必须用刀,联结朋友也必须用刀",故需要刀时,他们也就从不让它失去那点儿机会。学贸易,学应酬,学习到一个新地方去生活,且学习用刀保护身体同名誉,教育的目的,似乎在使两个孩子学得做人的勇气与义气。一分教育的结果,弄得两个人皆结实如老虎,却又和气亲人,不骄惰,不浮华,不依势凌人。故父子三人在茶峒边境上为人所提及时,人人对这个名姓无不加以一种尊敬。

做父亲的当两个儿子很小时,就明白大儿子一切与自己相似,却稍稍见得溺爱那第二个儿子。由于这点儿不自觉的私心,他把长子取名天保,次子取名傩送。天保佑的在人事上或不免有龃龉处,至于傩神所送来的,照当地习气,人便不能稍加轻视了。傩送美丽得很。茶峒船家人拙于赞扬这种美丽,只知道为他取出一个诨名为"岳云"。虽无什么人亲眼看到过岳云,一般的印象,却从戏台上小生岳云,得来一个相近的神气。

三

两省接壤处,十余年来主持地方军事的,注重在安辑保守,处置极其得法,并无变故发生。水陆商务既不至于受战争停顿,也不至于为土匪影响,一切莫不极有秩序,人民也莫不安分乐生。这些人,除了家中死了牛,翻了船,或发生别的死亡大变,为一种不幸所绊倒,觉得十分伤心外,中国其他地方正在如何不幸挣扎中的情形,似乎就永远不曾为这边城人民所感到。

边城所在一年中最热闹的日子,是端午、中秋与过年。三个节日过去三五十年前,如何兴奋了这地方人,直到现在,还毫无什么变化,仍是那地方居民最有意义的几个日子。

端午日,当地妇女小孩子,莫不穿了新衣,额角上用雄黄蘸酒画了个"王"字。任何人家到了这天必可以吃鱼吃肉。大约上午十一点,全茶峒人就吃了午饭,把饭吃过后,在城里住家的,莫不倒锁了门,全家出城到河边看划船。河街有熟人的,可到河街吊脚楼门口边看,不然就站在税关门口与各个码头上看。河中龙船以长潭某处做起点,税关前做终点做比赛竞争。因为这一天军官、税官以及当地有身份的人,莫不在税关前看热闹。划船的事各人在数天以前就早有了准备,分组分帮,各自选出了若干身体结实、手脚伶俐的小伙子,在潭中练习进退。船只的形式,与平常木船大不相同,形体一律又长又狭,两头高高翘起,船身绘着朱红颜色长线,平常时节多搁在河边干燥洞穴里,要用它时,拖下水去。每只船可坐十二个到十八个桨手,一个带头的,一个鼓手,一个锣手。桨手每人持一支短桨,随了鼓声缓促为节拍,把船向前划去。带头的坐在船头上,头上缠裹着红布包头,手上拿两只小令旗,左右挥动,指挥船只的进退。擂鼓打锣的,多坐在船只的中部,船一划动便即刻砰砰当当把锣鼓很单纯地敲打起来,为划桨水手调理下桨节拍。一船快慢既不得不靠鼓声,故每当两船竞赛到剧烈时,鼓声如雷鸣,加上两岸人呐喊助威,便使人想起小说故事上梁红玉老鹳河时水战擂鼓。牛皋水擒杨幺时也是水战擂鼓。凡把船划到前面一点儿的，必可在税关前领赏。一匹红，一块小银牌，不拘缠挂到船上某一个人头上去，皆显出这一船合作的光荣。好事的军人，且当每次某一只船胜利时，必在水边放些表示胜利庆祝的五百响鞭炮。

赛船过后，城中的戍军长官，为了与民同乐，增加这个节日的愉快起见，便把绿头长颈大雄鸭，颈脖上缚了红布条子，放入河中，尽善于泅水的军民人等，下水追赶鸭子。不拘谁把鸭子捉到，谁就成为这鸭子的主人。于是长潭换了新的花样，水面各处是鸭子，同时各处有追赶鸭子的人。

船与船的竞赛，人与鸭子的竞赛，直到天晚方能完事。

掌水码头的龙头大哥顺顺，年轻时节便是一个泅水的高手，入水中去追逐鸭子，在任何情形下总不落空。但一到次子傩送年过十岁时，已能入水闭气氽着到鸭子身边，再忽然冒水而出，把鸭子捉到，这做爸爸的便解嘲似的向孩子们说："好，这种事你们来做，我不必再下水了。"于是当真就不下水与人来竞争捉鸭子。但下水救人呢，当做别论。凡帮助人远离患难，便是入火，人到八十岁，也还是成为这个人一种不可逃避的责任！

天保、傩送两人皆是当地泅水划船的好选手。

端午节快来了，初五划船，河街上初一开会，就决定了，属于河街的那只船当天入水。天保恰好在那天应向上行，随了陆路商人过川东龙潭送节货，故参加的就只傩送。十六个结实如牛犊的小伙子，带了香、烛、鞭炮，同一个用生牛皮蒙好绘有朱红太极图的高脚鼓，到了搁船的河上游山洞边，烧了香烛，把船拖入水后，各人上了船，燃着鞭炮，擂着鼓，这船便如一支箭似的，很迅速地向下游长潭射去。

那时节还是上午，到了午后，对河渔人的龙船也下了水，两只龙船就开始预习种种竞赛的方法。水面上第一次听到了鼓声，许多人从这鼓声中，感到了节日临近的欢悦。住临河吊脚楼对远方人有所等待的，有所盼望的，也莫不因鼓声想到远人。在这个节日里，必然有许多船只可以赶回，也有许多船只只合在半路过节，这之间，便有些眼目所难见的人事哀乐，在这小山城河街间，让一些人嬉喜，也让一些人皱眉。

砰砰鼓声掠水越山到了渡船头那里时，最先注意到的是那只黄狗。那黄狗汪汪地吠着，受了惊似的绕屋乱走；有人过渡时，便随船渡过东岸去，且跑到那小山头向城里一方面大吠。

翠翠正坐在门外大石上用棕叶编蚱蜢、蜈蚣玩，见黄狗先在太阳下睡着，忽然醒来便发疯似的乱跑，过了河又回来，就问它骂它："狗，狗，你做什么！不许这样子！"

可是一会儿，那声音被她发现了，她于是也绕屋跑着，且同黄狗一块儿渡过了小溪，站在小山头听了许久，让那点儿迷人的鼓声，把自己带到一个过去的节日里去。

四

这是两年前的事。五月端阳，渡船头祖父找人做了替身，便带了黄狗同翠翠进城，到大河边去看划船。河边站满了人，四只朱色长船在潭中滑着，龙船水刚刚涨过，河中水皆豆绿色，天气又那么明朗，鼓声砰砰响着，翠翠抿着嘴一句话不说，心中充满了不可言说的快乐。河边人太多了一点儿，各人皆尽张着眼睛望河中,不多久,黄狗还留在身边,祖父却被挤得不见了。

翠翠一面注意划船,一面心想"过不久祖父总会找来的"。但过了许久,祖父还不来,翠翠便稍稍有点儿着慌了。先是两人同黄狗进城前一天,祖父就问翠翠:"明天城里划船,倘若一个人去看,人多怕不怕?"翠翠就说:"人多我不怕,但自己只是一个人可不好玩。"于是祖父想了半天,方想起一个住在城中的老熟人,赶夜里到城里去商量,请那老人来看一天渡船,自己却陪翠翠进城玩一天。且因为那人比渡船老人更孤单,身边无一个亲人,也无一只狗,因此便约好了那人早上过家中来吃饭,喝一杯雄黄酒。第二天那人来了,吃了饭,把职务委托那人以后,翠翠等便进了城。到路上时,祖父想起什么似的,又问翠翠:"翠翠,翠翠,人那么多,好热闹,你一个人敢到河边看龙船吗?"翠翠说:"怎么不敢?可是一个人玩有什么意思!"到了河边后,长潭里的四只红船,把翠翠的注意力完全占去了,身边的祖父似乎也可有可无了。祖父心想:"时间还早,到收场时,至少还得三个时刻。溪边的那个朋友,也应当来看看年轻人的热闹,回去一趟,换换地位还赶得及。"因此就告翠翠:"人太多了,站在这里看,不要动,我到别处去有点儿事情,无论如何总赶得回来伴你回家。"翠翠正在为两只竞速并进的船迷着,祖父说的话毫不思索就答应了。祖父知道黄狗在翠翠身边,也许比他自己在她身边还稳当,于是便回家看船去了。

祖父到了那渡船处时,见代替他的老朋友,正站在白塔下注意听那远处的鼓声。

祖父喊叫他,请他把船拉过来,两人渡过小溪仍然站到白塔下去。那人问老船夫为什么又跑回来,祖父就说想替他一会儿故把翠翠留在河边,自己赶回来,好让他也过大河边去看看热闹,且说:"看得好,就不必再回来,只需见了翠翠告她一声,翠翠到时自会回家的。小丫头不敢回家,你就伴她走走!"但那替手对于看龙船已无什么兴味,却愿意同老船夫在这溪边大石上各自再喝两杯烧酒。老船夫听说十分高兴,于是把酒葫芦取出,推给城中来的那一个。两人一面谈些端午旧事,一面喝酒,不到一会儿,那人却在岩石上被烧酒醉倒了。

人既醉倒后,无从入城,祖父为了责任又不便与渡船离开,留在河边的翠翠便不能不着急了。

河中划船的决了最后胜负后,城里军官已派人驾小船在潭中放了一群鸭子,祖父还不见来。翠翠恐怕祖父也正在什么地方等着她,因此带了黄狗向各处人丛中挤着去找寻祖父,结果还是不得祖父的踪迹。后来看看天快要黑了,军人扛了长凳出城看热闹的,皆已陆续扛了那凳子回家。潭中的鸭子只剩下三五只,捉鸭人也渐渐地少了。落日向上游翠翠家中那一方落去,黄昏把河面装饰了一层薄雾。翠翠望到这个景致,忽然起了一个怕人的想头,她想:"假若爷爷死了?"

她记起祖父嘱咐她不要离开原来地方那一句话,便又为自己解释这想头的错误,以为祖父不来,必是进城去或到什么熟人处去,被人拉着喝酒,故一时不能来的。正因为这也是可能的事,她又不愿在天未断黑以前,同黄狗赶回家去,只好站在那石码头边等候祖父。

再过一会儿,对河那两只长船已泊到对河小溪里去不见了,看龙船的人也差不多全散了。吊脚楼有娼妓的人家,已上了灯,且有人敲小斑鼓弹月琴唱曲了。另外一些人家,又有猜拳行酒的吵嚷声音。同时停泊在吊脚楼下的一些船只,上面也有人在摆酒炒菜，把青菜萝卜之类，倒进滚热油锅里去时发出"呦——"的声音。河面已朦朦胧胧，看去好像只有一只白鸭在潭中浮着，也只剩一个人追着这只鸭子。

翠翠还是不离开码头，总相信祖父会来找她一起回家。

吊脚楼上唱曲子声音热闹了一些，只听到下面船上有人说话，一个水手说："金亭，你听你那婊子陪川东庄客喝酒唱曲子，我赌个手指，说这是她的声音！"另外一个水手就说："她陪他们喝酒唱曲子，心里可想我。她知道我在船上！"先前那一个又说："身体让别人玩着，心还想着你？你有什么凭据？"另一个说："我有凭据。"于是这水手吹着呼哨，做出一个古怪的记号，一会儿，楼上歌声便停止了，两个水手皆笑了。两人接着便说了些关于那个女人的一切，使用了不少粗鄙字眼，翠翠不很习惯把这种话听下去，但又不能走开。且听水手之一说，楼上妇人的爸爸是在棉花坡被人杀死的，一共杀了十七刀。翠翠心中那个古怪的想头，"爷爷死了呢？"便仍然占据到心里有一会儿。

两个水手还在谈话，潭中那只白鸭慢慢地向翠翠所在的码头边游过来，翠翠想："再过来些我就捉住你！"于是静静地等着，但那鸭子将近岸边三丈远近时，却有个人笑着，喊那船上水手。原来水中还有个人，那人已把鸭子捉到手，却慢慢地"踹水"游近岸边的。船上人听到水面的喊声，在隐约里也喊道："二老，二老，你真能干！你今天得了五只吧？"那水上人说："这家伙狡猾得很，现在可归我了。""你这时捉鸭子，将来捉女人，一定有同样的本领。"水上那一个不再说什么，手脚并用地拍着水傍了码头。湿淋淋地爬上岸时，翠翠身旁的黄狗，仿佛警告水中人似的，汪汪地叫了几声，那人方注意到翠翠。码头上已无别的人，那人问："是谁人？"

"是翠翠!"

"翠翠又是谁?"

"是碧溪岨撑渡船的孙女。"

"你在这儿做什么?"

"我等我爷爷。我等他来。"

"等他来他可不会来,你爷爷一定到城里军营里喝了酒,醉倒后被人抬回去了!"

"他不会这样子。他答应来找我,他就一定会来的。"

"这里等也不成,到我家里去,到那边点了灯的楼上去,等爷爷来找你好不好?"

翠翠误会了邀他进屋里去那个人的好意,心里记着水手说的妇人丑事,她以为那男子就是要她上有女人唱歌的楼上去,本来从不骂人,这时正因等候祖父太久了,心中焦急得很,听人要她上去,以为欺侮了她,就轻轻地说:"悖时砍脑壳的!"

话虽轻轻的,那男的却听得出,且从声音上听得出翠翠年纪,便带笑说:"怎么,你骂人!你不愿意上去,要待在这儿,回头水里大鱼来咬了你,可不要叫喊!"

翠翠说:"鱼咬了我也不关你的事。"

那黄狗好像明白翠翠被人欺侮了,又汪汪地吠起来。那男子把手中白鸭举起,向黄狗吓了一下,便走上河街去了。黄狗为了自己被欺侮还想追过去,翠翠便喊:"狗,狗,你叫人也看人叫!"翠翠意思仿佛只在告给狗"那轻薄男子还不值得叫",但男子听去的却是另外一种好意,男的以为是她要狗莫向好人乱叫,放肆地笑着,不见了。

又过了一阵,有人从河街拿了一个废缆做成的火炬,喊叫着翠翠的名字来寻找她，到身边时翠翠却不认识那个人。那人说老船夫回到家中，不能来接她，故搭了过渡人口信来告翠翠，要她即刻就回去。翠翠听说是祖父派来的，就同那人一起回家，让打火把的在前引路，黄狗时前时后，一同沿了城墙向渡口走去。翠翠一面走一面问那拿火把的人，是谁告他就知道她在河边。那人说是二老告他的，他是二老家里的伙计，送翠翠回家后还得回转河街。

翠翠说："二老他怎么知道我在河边？"

那人便笑着说："他从河里捉鸭子回来，在码头上见你，他说好意请你上家里坐坐，等候你爷爷，你还骂过他！你那只狗不识吕洞宾，只是叫！"

翠翠带了点儿惊讶轻轻地问："二老是谁？"

那人也带了点儿惊讶说："二老你还不知道？就是我们河街上的傩送二老！就是岳云！他要我送你回去！"

傩送二老在茶峒地方不是一个生疏的名字！

翠翠想起自己先前骂人那句话，心里又吃惊又害羞，再也不说什么，默默地随了那火把走去。

翻过了小山岨，望得见对溪家中火光时，那一方面也看见了翠翠方面的火把，老船夫即刻把船拉过来，一面拉船一面哑声儿喊问："翠翠，翠翠，是不是你？"翠翠不理会祖父，口中却轻轻地说："不是翠翠，不是翠翠，翠翠早被大河中鲤鱼吃去了。"翠翠上了船，二老派来的人，打着火把走了，祖父牵着船问："翠翠，你怎么不答应我，生我的气了吗？"

翠翠站在船头还是不作声。翠翠对祖父那一点儿埋怨，等到把船拉过了溪，一到了家中，看明白了醉倒的另一个老人后，就完事了。但另一件事，属于自己不关祖父的，却使翠翠沉默了一个夜晚。

五

　　两年日子过去了。

　　这两年来两个中秋节，恰好无月亮可看，凡在这边城地方，因看月而起整夜男女唱歌的故事，皆不能如期举行，故两个中秋留给翠翠的印象，极其平淡无奇。两个新年虽照例可以看到军营里与各乡来的狮子龙灯，在小校场迎春，锣鼓喧阗很热闹。到了十五夜晚，城中舞龙耍狮子的镇筸兵士，还各自赤裸着肩膀，往各处去欢迎炮仗烟火。城中军营里，税关局长公馆，河街上一些大字号，莫不头先截老毛竹筒，或镂空棕榈树根株，用洞硝拌和磺炭钢砂，一千槌八百槌把烟火做好。好勇取乐的军士，光赤着个上身，玩着灯打着鼓来了，小鞭炮如落雨的样子，从悬到长竿尖端的空中落到玩灯的肩背上，锣鼓催动急促的拍子，大家皆为这事情十分兴奋。鞭炮放过一阵后，用长凳脚绑着的大筒烟火，在敞坪一端燃起了引线，先是嗞嗞地流泻山光，慢慢地这白光便吼啸起来，做出如雷如虎惊人的声音，白光向上空冲去，高至二十丈，下落时便洒散着满天花雨。玩灯的兵士，在火花中绕着圈子，俨然毫不在意的样子。翠翠同他的祖父，也看过这样的热闹，留下一个热闹的印象，但这印象不知什么原因，总不如那个端午所经过的事情甜而美。

　　翠翠为了不能忘记那件事，上年一个端午又同祖父到城边河街去看了半天船，一切玩得正好时，忽然落了行雨，无人衣衫不被雨湿透。为了避雨，祖孙二人同那只黄狗，走到顺顺吊脚楼上去，挤在一个角隅里。有人扛凳子从身边过去，翠翠认得那人正是去年打了火把送她回家的人，就告给祖父："爷爷，那个人去年送我回家，他拿了火把走路时，真像喽啰！"

祖父当时不作声，等到那人回头又走过面前时，就一把抓住那个人，笑嘻嘻说："嘿嘿，你这个喽啰！要你到我家喝一杯也不成，还怕酒里有毒，把你这个真命天子毒死！"

那人一看是守渡船的，且看到了翠翠，就笑了："翠翠，你长大了！二老说你在河边大鱼会吃你，我们这里河中的鱼，现在吞不下你了。"

翠翠一句话不说，只是抿起嘴唇笑着。

这一次虽在这喽啰长年口中听到个"二老"名字，却不曾见及这个人。从祖父与那长年谈话里，翠翠听明白了二老是在下游六百里外青浪滩过端午的。但这次不见二老却认识了大老，且见着了那个一地出名的顺顺。大老把河中的鸭子捉回家里后，因为守渡船的老家伙称赞了那只肥鸭两次，顺顺就要大老把鸭子给翠翠。且知道祖孙二人所过的日子，十分拮据，节日里自己不能包粽子，又送了许多三角粽。

那水上名人同祖父谈话时，翠翠虽装作眺望河中景致，耳朵却把每一句话听得清清楚楚。那人向祖父说翠翠长得很美，问过翠翠年纪，又问有不有人家。祖父则很快乐地夸奖了翠翠不少，且似乎不许别人来关心翠翠的婚事，故一到这件事便闭口不谈。

回家时，祖父抱了那只白鸭子同别的东西，翠翠打火把引路。两人沿城墙脚走去，一面是城，一面是水。祖父说："顺顺真是个好人，大方得很。大老也很好。这一家人都好！"翠翠说："一家人都好，你认识他们一家人吗？"祖父不明白这句话的意思所在，因为今天太高兴一点儿，便笑着说："翠翠，假若大老要你做媳妇，请人来做媒，你答应不答应？"翠翠就说："爷爷，你疯了！再说我就生你的气！"

祖父话虽不再说了,心中却很显然地还转着这些可笑的不好的念头。翠翠着了恼,把火炬向路两旁乱晃着,向前快快地走去了。

"翠翠,莫闹,我摔到河里去,鸭子会走脱的!"

"谁也不稀罕那只鸭子!"

祖父明白翠翠为什么事不高兴,便唱起摇橹人驶船下滩时催橹的歌声,声音虽然哑沙沙的,字眼儿却稳稳当当毫不含糊。翠翠一面听着一面向前走去,忽然停住了发问:"爷爷,你的船是不是正在下青浪滩呢?"

祖父不说什么,还是唱着,两人皆记起顺顺家二老的船正在青浪滩过节,但谁也不明白另外一个人的记忆所止处。祖孙二人便沉默地一直走还家中。到了渡口,那代理看船的,正把船泊在岸边等候他们。几人渡过溪到了家中,剥粽子吃。到后那人要进城去,翠翠赶即为那人点上火把,让他有火把照路。人过了小溪上小山时,翠翠同祖父在船上望着,翠翠说:"爷爷,看喽啰上山了啊!"

祖父把手攀引着横缆,注目溪面升起的薄雾,仿佛看到了什么东西,轻轻地吁了一口气。祖父静静地拉船过对岸家边时,要翠翠先上岸去,自己却守在船边,因为过节,明白一定有乡下人从城里看龙船,还得乘黑赶回家乡。

六

白日里,老船夫正在渡船上同个卖皮纸的过渡人有所争持。一个不能接受所给的钱,一个却非把钱送给老人不可。正似乎因为那个过渡人送钱气派,使老船夫受了点儿压迫,这撑渡船人就俨然生气似的,迫着那人把钱收回,使这人不得不把钱捏在手里。但船拢岸时,那人跳上了码头,一手铜钱向船舱一撒,却笑眯眯地匆匆忙忙走了。老船夫手还得拉着船让别一个人上岸,无法去追赶那个人,就喊小山头的孙女:"翠翠,翠翠,为我拉着那个卖皮纸的小伙子,不许他走!"

翠翠不知道是怎么回事,当真便同黄狗去拦那第一个下船人。那人笑着说:"不要拦我!……"

正说着,第二个商人赶来了,就告给翠翠是什么事情。翠翠明白了,更紧拉着卖纸人衣服不放,只说:"不许走!不许走!"黄狗为了表示同主人意见一致,也便在翠翠身边汪汪地吠着。其余商人皆笑着,一时不能走路。祖父气呼呼地赶来了,把钱强迫塞到那人手心里,且搭了一大束草烟到那商人的担子上去,搓着两手笑着说:"走呀!你们上路走!"那些人于是全笑着走了。

翠翠说:"爷爷,我还以为那人偷你东西同你打架!"

祖父就说:"他送我好些钱,我绝不要这些钱!告他不要钱,他还同我吵,不讲道理!"

翠翠说:"全还给他了吗?"

祖父抿着嘴把头摇摇,闭上一只眼睛,装成狡猾得意的神气笑着,把扎在腰带上留下的那枚单铜子取出,送给翠翠。且说:"他得了我们那把烟叶,可以吃到镇筸城!"

远处鼓声又砰砰地响起来了,黄狗张着两个耳朵听着。翠翠问祖父,听不听到什么声音。祖父一注意,知道是什么声音了,便说:"翠翠,端午又来了。你记不记得去年天保大人送你那只肥鸭子。早上大老同一群人上川东去,过渡时还问你。你一定忘记那次落的行雨。我们这次若去,又得打火把回家,你记不记得我们两人用火把照路回家？"

翠翠还正想起两年前的端午一切事情。但祖父一问，翠翠却微带点儿恼着的神气，把头摇摇，故意说："我记不得，我记不得。我全记不得！"其实她那意思就是"我怎么记不得？"

祖父明白那话里意思，又说："前年还更有趣，你一个人在河边等我，差点儿不知道回来，天夜了，我还以为大鱼会吃掉你！"

提起旧事，翠翠咪地笑了。

"爷爷，你还以为大鱼会吃掉我？是别人家说我，我告给你的！你那天只是恨不得让城中的那个爷爷把装酒的葫芦吃掉！你这种人，好记性！"

"我人老了，记性也坏透了。翠翠，现在你人长大了，一个人一定敢上城去看船不怕鱼吃掉你了。"

"人大了就应当守船呢。"

"人老了才应当守船。"

"人老了应当歇憩！"

"你爷爷还可以打老虎，人不老！"祖父说着，于是，把膀子弯曲起来，努力使筋肉在局束中显得又有力又年轻，且说："翠翠，你不信，你咬。"

翠翠睨着腰背微驼的祖父，不说什么话。远处有吹唢呐的声音。她知道那是什么事情，且知道唢呐方向。要祖父同她下了船，把船拉过家中那边岸旁去。为了想早早地看到那迎婚送亲的喜轿，翠翠还爬到屋后塔下去眺望。过不久，那一伙人来了，两个吹唢呐的，四个强壮的乡下汉子，一顶空花轿，一个穿新衣的团总儿子模样的青年，另外还有两只羊，一个牵羊的孩子，一坛酒，一盒糍粑，一个担礼物的人，一伙人上了渡船后，翠翠同祖父也上了渡船,祖父拉船,翠翠却傍花轿站定,去欣赏每一个人的脸色与花轿上的流苏。拢岸后,团总儿子模样的人,从扣花抱肚里掏出了一个小红纸包封,递给老船夫。这是当地规矩,祖父再不能说不接受了。但得了钱祖父却说话了,问那个人,新娘是什么地方人,明白了,又问姓什么,明白了,又问多大年纪,一起皆弄明白了,吹唢呐的一上岸后,又把唢呐呜呜啦啦吹起来,一行人便翻山走了。祖父同翠翠留在船上,感情仿佛皆追着那唢呐声音走去,走了很远的路方回到自己身边来。

祖父掂着那红纸包封的分量说:"翠翠,宋家堡子里新嫁娘年纪还只十五岁。"

翠翠明白祖父这句话的意思所在,不作理会,静静地把船拉动起来。

到了家边,翠翠跑还家中去取小小竹子做的双管唢呐,请祖父坐在船头吹"娘送女"曲子给她听,她却同黄狗躺到门前大岩石上荫处看天上的云。白日渐长,不知什么时节,祖父睡着了,翠翠同黄狗也睡着了。

七

到了端午。祖父同翠翠在三天前业已预先约好,祖父守船,翠翠同黄狗过顺顺吊脚楼去看热闹。翠翠先不答应,后来答应了。但过了一天,翠翠又翻悔回来,以为要看两人去看,要守船两人守船。祖父明白那个意思,是翠翠玩心与爱心相战争的结果。为了祖父的牵绊,应当玩的也无法去玩,这不成!祖父含笑说："翠翠，你这是为什么？说定了的又翻悔，同茶峒人平素品德不相称。我们应当说一是一，不许三心二意。我记性并不坏到这样子，把你答应了我的即刻忘掉！"祖父虽那么说，很显然的事，祖父对于翠翠的打算是同意的。但人太乖巧，祖父有点儿愀然不乐了。见祖父不再说话，翠翠就说："我走了，谁陪你？"

祖父说："你走了，船陪我。"

翠翠把一对眉毛皱拢去苦笑着："船陪你，嘿，嘿，船陪你。"

祖父心想："你总有一天会要走的！"但不敢提起这件事。祖父一时无话可说，于是走过屋后塔下小圃里去看葱，翠翠跟过去。

"爷爷，我决定不去，要去让船去，我替船陪你！"

"好，翠翠，你不去我去，我还得戴了朵红花，装老太婆去见世面！"

两人皆为这句话笑了许久。所争持的事，不求结论了。

祖父理葱，翠翠却摘了一根大葱吹着，有人在东岸喊过渡，翠翠不让祖父占先，便忙着跑下去，跳上了渡船，援着横溪缆子拉船过溪去接人。一面拉船一面喊祖父："爷爷，你唱，你唱！"

祖父不唱，却只站在高岩上望翠翠，把手摇着，一句话不说。

祖父有点儿心事。

翠翠一天比一天大了，无意中提到什么时，会红脸了。时间在成长她，似乎正催促她，使她在另外一件事情上负点儿责。她欢喜看扑粉满脸的新嫁娘，欢喜述说关于新嫁娘的故事，欢喜把野花戴到头上去，还欢喜听人唱歌。茶峒人的歌声，缠绵处她已领略得出。她有时仿佛孤独了一点儿，爱坐在岩石上去，向天空一片云一颗星凝眸。祖父若问："翠翠，想什么？"她便带着点儿害羞情绪，轻轻地说："翠翠不想什么。"但在心里却同时又自问："翠翠,你想什么?"同时自己也就在心里答着:"我想得很远,很多。可是我不知想些什么。"她的确在想,又的确连自己也不知在想些什么。这女孩子身体既发育得很完全,在本身上因年龄自然而来的一种"奇事",到月就来,也使她多了些思索。

祖父明白这类事情对于一个女子的影响,祖父心情也变了些。祖父是一个在自然里活了七十年的人,但在人事上的自然现象,就有了些不能安排处。因为翠翠的长成,使祖父记起了些旧事,从掩埋在一大堆时间里的故事中,重新找回了些东西。

翠翠的母亲,某一时节原同翠翠一个样子,眉毛长,眼睛大,皮肤红红的,也乖得使人怜爱——也懂在一些小处,起眼动眉毛,机灵懂事,使家中长辈快乐。也仿佛永远不会同家中这一个分开。但一点不幸来了,她认识了那个兵。到末了丢开老的和小的,却陪了那个兵死了。这些事从老船夫说来谁也无罪过,只应"天"去负责。翠翠的祖父口中不怨天,心中却不能完全同意这种不幸的安排。到底还像年轻人,说是放下了,也正是不能放下的莫可奈何容忍到的一件事。

并且那时有个翠翠。如今假如翠翠又同妈妈一样,老船夫的年龄,还能把小雏儿再抚育下去吗?人愿意的事神却不同意!人太老了,应当休息了,凡是一个良善的中国乡下人,一生中生活下来所应得到的劳苦与不幸,业已全得到了。假若另外高处有一个上帝,这上帝且有一双手支配一切,很明显的事,十分公道的办法,是应当把祖父先收回去,再来让那个年轻的在新的生活上得到应分接受那一份的。

可是祖父并不那么想。他为翠翠担心。有时便躺到门外岩石上,对着星子想他的心事。他以为死是应当快到了的,正因为翠翠人已长大了，证明自己也真正老了。可是无论如何，得让翠翠有个着落。翠翠既是她那可怜的母亲交把他的，翠翠大了，他也得把翠翠交给一个人，他的事才算完结！翠翠应分交给谁？必须什么样的人方不委屈她？

前几天顺顺家天保大老过溪时，同祖父谈话，这心直口快的青年人，第一句话就说："老伯伯，你翠翠长得真标致，像个观音样子。再过两年，若我有闲空能留在茶峒照料事情，不必像老鸦成天到处飞，我一定每夜到这溪边来为翠翠唱歌。"

祖父用微笑奖励这种自白。一面把船拉动，一面把那双小眼睛瞅着大老。意思好像说：你的傻话我全明白，我不生气，你尽管说下去，看你还有什么要说。

于是大老又说："翠翠太娇了，我担心她只宜于听点儿茶峒人的歌声，不能做茶峒女子做媳妇的一切正经事。我要个能听我唱歌的情人，却更不能缺少个照料家务的媳妇。'又要马儿不吃草，又要马儿走得好'，唉，这两句话恰是古人为我说的！"

祖父慢条斯理把船转了头，让船尾傍岸，就说："大老，也有这种事儿！你瞧着吧。"

那青年走去后，祖父温习着那些出于一个男子口中的真话，实在又愁又喜。翠翠若应当交把一个人，这个人是不是适宜于照料翠翠？当真交把了他，翠翠是不是愿意？

▢ 八

初五大清早落了点儿毛毛雨，河上游且涨起了"龙船水"，河水已变作豆绿色。祖父上城买办过节的东西，戴了个棕粑叶"斗篷"，携带了一个篮子，一个装酒的大葫芦，肩头上挂了个褡裢，其中放了一吊六百制钱，就走了。因为是节日，这一天从小村小寨带了铜钱担了货物上城去办货掉货的极多，这些人起身也极早，故祖父走后，黄狗就伴同翠翠守船。翠翠头上戴了一个崭新的斗篷，把过渡人一趟一趟地送来送去。黄狗坐在船头，每当船拢岸时必先跳上岸边去衔绳头，引起每个过渡人的兴味。有些过渡乡下人也携了狗上城，照例如俗话说的，"狗离不得屋"，这些狗一离了自己的家，即或傍着主人，也变得非常老实了。到过渡时，翠翠的狗必走过去嗅嗅，从翠翠方面讨取了一个眼色，似乎明白翠翠的意思的就不敢有什么举动。直到上岸后，把拉绳子的事情做完，眼见到那只陌生的狗上小山去了，也必跟着追去。或者向狗主人轻轻吠着，或者逐着那陌生的狗，必得翠翠带点儿嗔恼地嚷着："狗，狗，你狂什么？还有事情做，你就跑呀！"于是这黄狗赶快跑回船上来，且依然满船闻嗅不已。翠翠说："这算什么轻狂举动！跟谁学得的！还不好好蹲到那边去！"狗俨然极其懂事，便即刻到它自己原来地方去，只间或又像想起什么心事似的，轻轻地吠几声。

　　雨落个不止，溪面一片烟。翠翠在船上无事可做时，便算着老船夫的行程。她知道他这一去应在什么地方碰到什么人，谈些什么话，这一天城门边应当是些什么情形，河街上应当是些什么情形，"心中一本册"，她完全如同亲眼见到的那么明明白白。她又知道祖父的脾气，一见城中相熟粮子上人物，不管是马夫火夫，总会把过节时应有的颂祝说出。这边说："副爷，你过节吃饱喝饱！"那一个便也将说："划船的，你吃饱喝饱！"这边如果说着如上的话,那边人说:"有什么可以吃饱喝饱?四两肉,两碗酒,既不会饱也不会醉!"那么,祖父必很诚实邀请这熟人过碧溪岨喝个够量。倘若有人当时就想喝一口祖父葫芦中的酒,这老船夫也从不吝啬,必很快地就把葫芦递过去。酒喝过后,那兵营中人卷舌子舔着嘴唇,称赞酒好,于是又必被勒迫着喝第二口。酒在这种情形下少起来了,就又跑到原来铺上去,加满为止。翠翠且知道祖父还会到码头上去同刚拢岸一天两天的上水船水手谈谈话,问问下河的米价盐价,有时且弯着腰钻进那带有海带鱿鱼味,以及其他油味、醋味、柴烟味的船舱里去,水手们从小坛中抓出一把红枣,递给老船夫,过一阵,等到祖父回家被翠翠埋怨时,这红枣便成为祖父与翠翠和解的工具。祖父一到河街上,且一定有许多铺子上商人送他粽子与其他东西,作为对这个忠于职守的划船人一点儿敬意,祖父虽嚷着"我带了那么一大堆,回去会把老骨头压断",可是不管如何,这些东西多少总得领点儿情。走到卖肉案桌边去,他想买肉,人家却照例不愿接钱。屠户若不接钱,他却宁可到另外一家去,绝不想占那点儿便宜。那屠户说:"爷爷,你为人那么硬算什么?又不是要你去做犁口耕田!"但不行,他以为这是血钱,不比别的事情,你不收钱他会把钱预先算好,猛地把钱掷到大而长的钱筒里去,攫了肉就走去的。卖肉的明白他那种性情,到他称肉时总选取最好的一处,且把分量故意加多,他见及时却将说:"喂喂,大老板,我不要你那些好处!腿上的肉是城里人炒鱿鱼肉丝用的肉,莫同我开玩笑!我要夹项肉,我要浓的,糯的,我是个划船人,我要拿去炖胡萝卜喝酒的!"得了肉,把钱交过手时,自己先数一次,又嘱咐屠户再数,屠户却照例不理会他,把一手钱哗地向长竹筒口丢去,他于是简直是妩媚地微笑着走了。屠户与其他买肉人,见到他这种神气,必笑个不止。……

翠翠还知道祖父必到河街上顺顺家里去。

翠翠温习着两次过节两个日子所见所闻的一切,心中很快乐,好像目前有一个东西,同早间在床上闭了眼睛所看到那种捉摸不定的黄葵花一样,这东西仿佛很明朗地在眼前,却看不准,抓不住。

翠翠想:"白鸡关真出老虎吗?"她不知道为什么忽然想起白鸡关。白鸡关是酉水中部一个地名,离茶峒两百多里路!

于是又想:"三十二个人摇六匹橹,上水走风时张起个大篷,一百幅白布拼成的一片东西,坐在这样大船上过洞庭湖,多可笑……"她不明白洞庭湖有多大,也就从不见过这种大船。更可笑的,还是她自己也不知道为什么却想起这个问题。

一群过渡人来了,有担子,有送公事跑差模样的人物,另外还有母女二人。母亲穿了新浆洗得硬朗的蓝布衣服,女孩子脸上涂着两饼红色,穿了不甚称身的新衣,上城到亲戚家中去拜节看龙船的。等待众人上船稳定后,翠翠一面望着那小女孩,一面把船拉过溪去。那小孩从翠翠估来年纪也将十二岁了,神气却很娇,似乎从不能离开过母亲。脚下穿的是一双尖尖头新油过的钉鞋,上面沾污了些黄泥。裤子是那种翻紫的葱绿布做的。见翠翠尽是望她,她也便看着翠翠,眼睛光光的如同两粒水晶球。神气中有点儿害羞,有点儿不自在,同时也有点儿不可言说的爱娇。那母亲模样的妇人便问翠翠,年纪有几岁。翠翠笑着,不高兴答应,却反问小女孩今年几岁,听那母亲说十三岁时,翠翠忍不住笑了。那母女显然是财主人家的妻女,从神气上就可看出的。翠翠注视那女孩,发现了女孩子手上还戴得有一副麻花铰的银手镯，闪着白白的亮光，心中有点儿歆羡。船傍岸后，人陆续上了岸，妇人从身上摸出一把铜子，塞到翠翠手中，就走了。翠翠当时竟忘了祖父的规矩，也不说道谢，也不把钱退还，只望着这一行人中那个女孩子身后发痴。一行人正将翻过小山时，翠翠忽又忙匆匆地追上去，在山头上把钱还给那妇人。那妇人说："这是送你的！"翠翠不说什么，只微笑把头尽摇，表示不能接受，且不等妇人来得及说第二句话，就很快地向自己渡船边跑去了。

到了渡船上，溪那边又有人喊过渡，翠翠把船又拉回去。第二次过渡是七个人，又有两个女孩子，也同样因为看龙船特意换了干净衣服，相貌却并不如何美观，因此使翠翠更不能忘记先前那一个。

今天过渡的人特别多，其中女孩子比平时更多。翠翠既在船上拉缆子摆渡，故见到什么好看的，极古怪的，人乖的，眼睛眶子红红的，莫不在记忆中留下个印象。无人过渡时，等着祖父祖父又不来，便尽只反复温习这些女孩子的神气。且轻轻地无所谓地唱着：

白鸡关出老虎咬人，不咬别人，团总的小姐排第一。……大姐戴副金簪子，二姐戴副银钏子，只有我三妹莫得什么戴，耳朵上长年戴条豆芽菜。

城中有人下乡的，在河街上一个酒店前面，曾见及那个撑渡船的老头子，把葫芦嘴推让给一个年轻水手，请水手喝他新买的白烧酒。翠翠问及时，那城中人就告给她所见到的事情。翠翠笑祖父的慷慨不是时候，不是地方。过渡人走了，翠翠就在船上又轻轻地哼着巫师迎神的歌玩：

你大仙，你大神，睁眼看看我们这里人！
他们既诚实，又年轻，又身无疾病。
他们大人会喝酒，会做事，会睡觉；
他们孩子能长大，能耐饥，能耐冷；
他们牯牛肯耕田，山羊肯生崽，鸡鸭肯孵卵；
他们女人会养儿子，会唱歌，会找她心中欢喜的情人！
你大神，你大仙，排驾前来站两边。
关夫子身跨赤兔马，
尉迟公手拿大铁鞭。

你大仙，你大神，云端下降慢慢行！
张果老驴上得坐稳，
铁拐李脚下要小心！

福禄绵绵是神恩，
和风和雨神好心，
好酒好饭当前陈，
肥猪肥羊火上烹！

慢慢吃，慢慢喝，
月白风清好过河。
醉时携手同归去，
我当为你再唱歌。

那首歌声音既极柔和，快乐中又微带忧郁。唱完了这歌，翠翠心上觉得有一丝儿凄凉。她想起秋末酬神还愿时田坪中的火燎同鼓角。

远处鼓声已起来了,她知道绘有朱红长线的龙船这时节已下河了,细雨还依然落个不止,溪面一片烟。

九

祖父回家时,大约已将近平常吃早饭时节了。肩上手上全是东西,一上小山头便喊翠翠,要翠翠拉船过小溪来迎接他。翠翠眼看到多少人皆进了城,正在船上急得莫可奈何,听到祖父的声音,精神旺了,锐声答着:"爷爷,爷爷,我来了!"老船夫从码头边上了渡船后,把肩上手上的东西搁到船头上,一面帮着翠翠拉船,一面向翠翠笑着,如同一个小孩子,神气充满了谦虚与羞怯:"翠翠,你急坏了,是不是?"翠翠本应埋怨祖父的,但她却回答说:"爷爷,我知道你在河街上劝人喝酒,好玩得很。"翠翠还知道祖父极高兴到河街上去玩,但如此说来,将更使祖父害羞乱嚷了,故不提出。

翠翠把搁在船头的东西一一估记在眼里,不见了酒葫芦。翠翠哧地笑了。

"爷爷,你倒大方,请副爷同船上人吃酒,连葫芦也让他们吃到肚里去了!"

祖父笑着忙做说明:"哪里,哪里,我那葫芦被顺顺大哥扣下了,他见我在河街上请人喝酒,就说:'喂,喂,摆渡的张横,这不成的。你不开糟坊,如何这样子!你要做仁义大哥梁山好汉,把你那个放下来,请我全喝了吧。'他当真那么说,'请我全喝了吧?'我把葫芦放下了。但我猜想他是同我闹着玩的。

他家里还少烧酒吗？翠翠，你说，是不是？……"

"爷爷，你以为人家不是真想喝你的酒，便是同你开玩笑吗？"

"那是怎么的？"

"你放心，人家一定因为你请客不是地方，所以扣下你的葫芦，不让你请人把酒喝完。等等就会派毛伙为你送来的，你还不明白，真是！——"

"唉，当真会是这样的！"

说着船已拢了岸，翠翠抢先帮祖父搬东西回家，但结果却只拿了那尾鱼，那个花褡裢。褡裢中钱已用光了，却有一包白糖，一包芝麻小饼子。

两人刚把新买的东西搬运到家中，对溪就有人喊过渡，祖父要翠翠看着肉菜免得被野猫拖去，争先下溪去做事，一会儿，便同那个过渡人嚷着到家中来了。原来这人便是送酒葫芦的。只听到祖父说："翠翠，你猜对了。人家当真把酒葫芦送来了！"

翠翠来不及向灶边走去，祖父同一个年纪轻轻的脸黑肩膀宽的人物，便进到屋里了。

翠翠同客人皆笑着，让祖父把话说下去。客人又望着翠翠笑，翠翠仿佛明白为什么被人望着，有点儿不好意思起来，走到灶边烧火去了。溪边又有人喊过渡，翠翠赶忙跑出门外船上去，把人渡过了溪。恰好又有人过溪。天虽落小雨，过渡人却分外多，一连三次。翠翠在船上一面做事一面想起祖父的趣处。不知怎么的，从城里被人打发来送酒葫芦的，她觉得好像是个熟人。可是眼睛里像是熟人，却不明白在什么地方见过面。但也正像是不肯把这人想到某方面去，方猜不着这来人的身份。

祖父在岩坎上边喊："翠翠，翠翠，你上来歇歇，陪陪客！"

本来无人过渡便想上岸去烧火,但经祖父一喊,反而不上岸了。

来客问祖父"进不进城看船",老渡船夫就说:"应当看守渡船。"两人又谈了些别的话。到后来客方言归正传:"伯伯,你翠翠像个大人了,长得很好看!"

撑渡船的笑了:"口气同哥哥一样,倒爽快呢。"这样想着,却么说:"二老,这地方配受人称赞的只有你,人家都说你好看!'八面山的豹子,地地溪的锦鸡',全是特为颂扬你这个人好处的警句!"

"但是,这很不公平。"

"很公平的!我听着船上人说,你上次押船,船到三门下面白鸡关滩口出了事,从急浪中你援救过三个人。你们在滩上过夜,被村子里女人见着了,人家在你棚子边唱歌一整夜,是不是真有其事?"

"不是女人唱歌一夜,是狼嗥。那地方著名多狼,只想得机会吃我们!我们烧了一大堆火,吓住了它们,才不被吃!"

老船夫笑了:"那更妙!人家说的话还是很对的。狼是只吃姑娘,吃小孩,吃十八岁标致青年的,像我这种老骨头,它不要吃,只嗅一嗅就会走开的!"

那二老说:"伯伯,你到这里见过两万个日头,别人家全说我们这个地方风水好,出大人,不知为什么原因,如今还不出大人?"

"你是不是说风水好应出有大名头的人?我以为,这种人不生在我们这个小地方也不碍事。我们有聪明、正直、勇敢、耐劳的年轻人,就够了。像你们父子兄弟,为本地方增光彩已经很多很多!"

"伯伯,你说得好,我也是那么想。地方不出坏人出好人,如伯伯那么样子，人虽老了，还硬朗得同棵楠木树一样，稳稳当当地活到这块地面，又正经，又大方，难得的咧。"

"我是老骨头了，还说什么。日头，雨水，走长路，挑分量沉重的担子，大吃大喝，挨饿受寒，自己分上的都拿过了，不久就会躺到这冰冷土地上喂蛆吃的。这世界有的是你们小伙子分上的一切，应当好好地干，日头不辜负你们，你们也莫辜负日头！"

"伯伯，看你那么勤快，我们年轻人不敢辜负日头。"

说了一阵，二老想走了，老船夫便站到门口去喊叫翠翠，要她到屋里来烧水煮饭，调换他自己看船。翠翠不肯上岸，客人却已下船了，翠翠把船拉动时，祖父故意装作埋怨神气说："翠翠，你不上来，难道要我在家里做媳妇煮饭吗？"

翠翠斜睨了客人一眼，见客人正盯着她，便把脸背过去，抿着嘴儿，很自负地拉着那条横缆，船慢慢拉过对岸了。客人站在船头同翠翠说话："翠翠，吃了饭，同你爷爷到我家吊脚楼上去看划船吧？"

翠翠不好意思不说话，便说："爷爷说不去，去了无人守这个船！"

"你呢？"

"爷爷不去我也不去。"

"你也守船吗？"

"我陪我爷爷。"

"我要一个人来替你们守渡船，好不好？"

嘭的一下船已撞到岸边土坎上了，船拢了岸。二老向岸上一跃，站在斜坡上说："翠翠，难为你！……我回去就要人来替你们，你们赶快吃饭，一同到我家里去看船，今天人多咧，热闹咧。"

翠翠不明白这陌生人的好意，不懂得为什么一定要到他家中去看船，抿着小嘴笑笑，就把船拉回去了。到了家中一边溪岸后，只见那个年轻人还正在对溪小山上。好像等待什么，不即走开。翠翠回转家中，到灶口边去烧火，一面把带点儿湿气的草塞进灶里去，一面向正在把客人带回的那一葫芦酒试着的祖父询问："爷爷，那人说回去就要人来替你，要我们两人去看船，你去不去？"

"你高兴去吗？"

"两人同去我高兴。那个人很好，我像认得他，他是谁？"

祖父心想："这倒对了，人家也觉得你好！"祖父笑着说："翠翠，你不记得你前年在大河边时，有个人说要让大鱼咬你吗？"

翠翠明白了，却仍然装不明白问："他是谁？"

"你想想看，猜猜看。"

"我猜不着他是张三李四。"

"顺顺船总家的二老，他认识你你不认识他啊！"他抿了一口酒，像赞美这个酒又赞美另一个人，低低地说，"好的，妙的，这是难得的。"

过渡的人在门外坎下叫唤着，老祖父口中还是"好的，妙的……"匆匆地下船做事去了。

十

吃饭时隔溪有人喊过渡，翠翠抢着下船，到了那边，方知道原来过渡的人，便是船总顺顺家派来做替手的水手。这人一见翠翠就说道："二老要你们一吃了饭就去，他已下河了。"见了祖父又说，"二老要你们吃了饭就去，他已下河了。"

张耳听听，便可听出远处鼓声已较繁密，从鼓声里使人想到那些极狭的船，在长潭中笔直前进时，水面上画着如何美丽的长长的线路！

新来的人茶也不吃，便在船头站妥了，翠翠同祖父吃饭时，邀他喝一杯，他只是摇头推辞。祖父说："翠翠，我不去，你同小狗去好不好？"

"你要不去，我也不想去！"

"我去呢？"

"我本来也不想去，但我愿意陪你去。"

祖父微笑着："翠翠，翠翠，你陪我去，好的，你就陪我去！"

祖父同翠翠到城里大河边时，河边早站满了人。细雨已经停止，地面还是湿湿的。祖父要翠翠过河街船总家吊脚楼上去看船，翠翠却似乎有心事怕到那边去，以为站在河边较好。两人虽在河边站定，不多久，顺顺便派人来把他们请去了。吊脚楼上已有了很多的人。早上过渡时，为翠翠所注意的乡绅妻女，受顺顺家的款待，占据了两个最好窗口。一见到翠翠，那女孩子就说："你来，你来！"翠翠带着点儿羞怯走去，坐在她们身后边条凳上，祖父便走开了。

祖父并不看龙船竞渡，却为一个熟人拉到河上游半里路远近，过一个新碾坊看水碾子去了。老船夫对于水碾子原来就极有兴味的。倚山滨水来一座小小茅屋，屋中有那么一个圆石片子，固定在一个横轴上，斜斜地搁在石槽里。当水闸门抽去时，流水冲击地下的暗轮，上面的圆石片便飞转起来。做主人的管理这个东西，把毛谷倒进石槽中去，把碾好的米弄出放在屋角隅长方箩筛里，再筛去糠灰。地下全是糠灰，自己头上包着块白布帕子，头上肩上也全是糠灰。天气好时就在碾坊前后隙地里种些萝卜、青菜、大蒜、四季葱。水沟坏了，就把裤子脱去，到河里去堆砌石头，修理泄水处。水碾坝若修筑得好，还可装个小小鱼梁，涨小水时就自会有鱼上梁来，不劳而获！在河边管理一个碾坊比管理一只渡船多变化，有趣味，情形一看也就明白了。但一个撑渡船的若想有座碾坊，那简直是不可能的妄想。凡碾坊照例是属于当地小财主的产业。那熟人把老船夫带到碾坊边时，就告给他这碾坊业主为谁。两人一面各处视察一面说话。

那熟人用脚踢着新碾盘说："中寨人自己坐在高山砦子上，却欢喜来到这大河边置产业；这是中寨王团总的，值大钱七百吊！"

老船夫转着那双小眼睛，很羡慕地去欣赏一切，估计一切，把头点着，且对于碾坊中物件一一加以很得体的批评。后来两人就坐到那还未完工的白木条凳上去。熟人又说到这碾坊的将来，似乎是团总女儿陪嫁的妆奁。那人于是想起了翠翠，且记起大老过去一时托过他的事情来了。便问道："伯伯，你翠翠今年十几岁？"

"满十四岁进十五岁。"老船夫说过这句话后，便接着在心中计算过去的年月。

"十四岁多能干！将来谁得她真有福气！"

"有什么福气？又无碾坊陪嫁，一个光人。"

"别说一个光人，一个有用的人，两只手敌得五座碾坊！洛阳桥也是鲁班两只手造成的！……"这样那样地说着，表示对老船夫的抗议，说到后来那人自然笑了。

老船夫也笑了，心想："翠翠有两只手，将来也去造洛阳桥吧，新鲜事！"

那人过了一会儿又说:"茶峒人年轻男子眼睛光,选媳妇也极在行。伯伯,你若不多我的心,我就说个笑话给你听。"

老船夫问:"是什么笑话?"

那人说:"伯伯你若不多心,这笑话也可以当真话去听咧。"

接着说下去的就是顺顺家大老如何在人家面前赞美翠翠,且如何托他来探听老船夫口气那么一件事。末了同老船夫来转述另一回会话的情形:"我问他:'大老,大老,你是说真话还是说笑话?'他就说:'你为我去探听探听那老的,我欢喜翠翠,想要翠翠,是真话呀!'我说:'我这人口钝得很,说出了口收不回,万一老的一巴掌打来呢?'他说:'你怕打,你先当笑话去说,不会挨打的!'所以,伯伯,我就把这件真事情当笑话来同你说了。你试想想,他初九从川东回来见我时,我应当如何回答他?"

老船夫记起前一次大老亲口所说的话,知道大老的意思很真,且知道顺顺也欢喜翠翠,故心里很高兴。但这件事照规矩得这个人带封点心亲自到碧溪岨家中去说,方见得慎重其事。老船夫说:"等他来时你说老家伙听过了笑话后,自己也说了个笑话,他说:'车是车路,马是马路,各有走法。大老走的是车路,应当由大老爹爹做主,请了媒人来正正经经同我说。走的是马路,应当自己做主,站在渡口对溪高崖上,为翠翠唱三年六个月的歌。'"

"伯伯,若唱三年六个月的歌动得了翠翠的心,我赶明天就自己来唱歌了。"

"你以为翠翠肯了我还会不肯吗?"

"不咧,人家以为这件事情你老人家肯了翠翠便无有不肯呢。"

"不能那么说,这是她的事呵!"

"便是她的事情,可是必须老的做主,人家也仍然以为在日头月光下唱三年六个月的歌,还不如得伯伯说一句话好!"

"那么,我说,我们就这样办,等他从川东回来时,要他同顺顺去说个明白。我呢,我也先问问翠翠,若以为听了三年六个月的歌再跟那唱歌人走去有意思些,我就请你劝大老走他那弯弯曲曲的马路。"

"那好的。见了他我就说:'大老,笑话嘛,我已经说过了。真话呢,看你自己的命运去了。'当真看他的命运去了,不过我明白他的命运,还是在你老人家手上捏着紧紧的。"

"不是那么说!我若捏得定这件事,我马上就答应了。"

这里两人把话说妥后,就过另一处看一只顺顺新近买来的三舱船去了。河街上顺顺吊脚楼方面,却有了如下事情。

翠翠虽被那乡绅女人喊到身边去坐,地位非常之好,从窗口望出去,河中一切朗然在望,然而心中可不安宁。挤在其他几个窗口看热闹的人,似乎皆常常把眼光从河中景物挪到这边几个人身上来。还有些人故意装成有别的事情样子,从楼这边走过那一边,事实上却全为的是好仔细看看翠翠这方面几个人。翠翠心中老不自在,只想借故跑去。一会儿河下的炮声响了,几只从对河取齐的船只,直向这方面划来。先是四条船皆相去不远,如四支箭在水面射着。到了一半,已有两只船占先了些,再过一会儿,那两只船中间便又有一只超过了并进的船只而前。看看船到了税局门前时,第二次炮声又响,那船便胜利了。这时节胜利的已判明属于河街人所划的一只,各处便皆响着庆祝的小鞭炮。那船于是沿了河街吊脚楼划去,鼓声砰砰作响,河边与吊脚楼各处,都同时呐喊表示快乐的祝贺。翠翠眼见在船头站定摇动小旗指挥进退头上包着红布的那个年轻人,便是送酒葫芦到碧溪岨的二老,心中便印着两年前的旧事——"大鱼吃掉你!""吃掉不吃掉,不用你这个人管!""好的,我就不管!""狗,狗,你也看人叫!"想起狗,翠翠才注意到自己身边那只黄狗,早已不知跑到什么地方去,便离了座位,在楼上各处找寻她的黄狗,把船头人忘掉了。

她一面在人丛里找寻黄狗,一面听人家正说些什么话。

一个大脸妇人问:"是谁家的人,坐到顺顺家当中窗口前的那块好地方?"

一个妇人就说:"是寨子上王乡绅的大姑娘,今天说是自己来看船,其实来看人,同时也让人看!人家命好,有本领坐那好地方!"

"看谁人,被谁看?"

"嘿,你还不明白,那乡绅想同顺顺打亲家呢。"

"那姑娘配什么人?是大老,还是二老呢?"

"是二老呀,等等你们看这岳云,就会上楼来拜他丈母娘的!"

另有一个女人便插嘴说:"事弄同了,好得很呢!人家在大河边有一座崭新碾坊陪嫁,比十个长年还好一些。"

有人问:"二老怎么样?"

又有人就轻轻地说:"二老已说过了,这不必看。第一件事我就不想做那个碾坊的主人!"

"你听岳云二老说过吗?"

"我听别人说的。还说二老欢喜一个撑渡船的。"

"他又不是傻小二,不要碾坊,要渡船吗?"

"那谁知道?横竖人是'牛肉炒韭菜,各人心里爱'。只看各人心里爱什么就吃什么,渡船不会不如碾坊!"

当时各人眼睛对着河里,口中说着这些闲话,却无一个人回头来注意到身后边的翠翠。

翠翠脸发火烧走到另外一处去,又听有两个人提及这件事。且说:"一切早安排好了,只需要二老一句话。"又说:"只看二老今天那么一股劲儿,就可以猜想得出,这劲儿是岸上一个黄花姑娘给他的!"

谁是激动二老的黄花姑娘?

翠翠人矮了些,在人后背已望不见河中的情形,只听到擂鼓声渐近渐渐激越,岸上呐喊声自远而近,便知道二老的船恰恰经过楼下。楼上人也大喊着,杂夹叫着二老的名字,乡绅太太那方面,且有人放小百子鞭炮。忽然又用另外一种惊讶的声音喊着,且同时便见许多人出门向河下走去。翠翠不知出了什么事,心中有点儿迷乱,正不知走回原来座位边去好,还是依然站在人背后好。只见那边正有人拿了个托盘,装了一大盘粽子同细点心,在请乡绅太太小姐用点心,不好意思再过那边去,便想也挤出大门外到河下去看看。从河街一个盐店旁边甬道下河时,正在一排吊脚楼的梁柱间,迎面碰头一群人,拥着那个头包红布的二老来了。原来二老因失足落水,已从水中爬起来了。路太窄了一些,翠翠虽闪过一旁,与迎面来的人仍然得肘子触着肘子。二老一见翠翠就说:"翠翠,你来了,爷爷也来了吗?"

翠翠脸还发着烧不便作声,心想:"黄狗跑到什么地方去了呢?"

二老又说:"怎不到我家楼上去看呢?我已要人替你弄了个好位子。"

翠翠心想:"碾坊陪嫁,稀奇事情咧。"

二老不能逼迫翠翠回去,到后便各自走开了。翠翠到河下时,小小心腔中充满了一种说不分明的东西。是烦恼吧,不是!是忧愁吧,不是!是快乐吧,不,有什么事情使这个女孩子快乐呢?是生气了吧——是的,她当真仿佛觉得自己是在生一个人的气,又像是在生自己的气。河边人太多了,码头边浅水中,船桅船篷上,以至于吊脚楼的柱子上,无不挤满了人,翠翠自言自语说:"人那么多,有什么三脚猫好看?"先还以为可以在什么船上发现她的祖父,但各处搜寻了一阵,却无祖父的影子。她挤到水边去,一眼便看到了自己家中那条黄狗,同顺顺家一个长年,正在去岸数丈一只空船上看热闹。翠翠锐声叫喊了两声,黄狗张着耳叶昂头四面一望,便猛地扑下水中,向翠翠方面泅来了。到了身边时狗身上已全是水,把水抖着且跳跃不已,翠翠便说:"得了,狗,装什么疯!你又不翻船,谁要你落水呢?"

翠翠同黄狗各处找祖父去,在河街上一个木行前恰好遇着了祖父。

老船夫说:"翠翠,我看了个好碾坊,碾盘是新的,水车是新的,屋上稻草也是新的!水坝管着一绺水,急溜溜的,抽水闸板时水车转得如陀螺。"

翠翠带着点儿做作问:"是什么人的?"

"是什么人的?住在山上的员外王团总的。我听人说是那中寨人为女儿做嫁妆的东西,好不阔气,包工就是七百吊大制钱,还不管风车,不管家私!"

"谁讨那个人家的女儿?"

祖父望着翠翠干笑着:"翠翠,大鱼咬你,大鱼咬你。"

翠翠因为对于这件事心中有了个数目,便仍然装着全不明白，只询问祖父："爷爷，什么人得到那个碾坊？"

"岳云二老！"祖父说了又自言自语地说，"有人羡慕二老得到碾坊，也有人羡慕碾坊得到二老！"

"谁羡慕呢，爷爷？"

"我羡慕。"祖父说着便又笑了。

翠翠说："爷爷，你喝醉了。"

"可是二老还称赞你长得美呢。"

翠翠说："爷爷，你疯了。"

祖父说："爷爷不醉不疯……去，我们到河边看他们放鸭子去。可惜我老了，不能下水里去捉只鸭子回家焖姜吃。"他还想说，"二老捉得鸭子，一定又会送给我们的。"话不及说，二老来了，站在翠翠面前微笑着。翠翠也笑着。

于是三个人回到吊脚楼上去。

▫ 十一

有人带了礼物到碧溪岨。掌水码头的顺顺，当真请了媒人为儿子向渡船的攀亲戚来了。老船夫慌慌张张把这个人渡过溪口，一同到家里去。翠翠正在屋门前剥豌豆，来了客并不如何注意。但一听到客人进门说"贺喜贺喜"，心中有事，不敢再蹲在屋门边，就装作追赶菜园地的鸡，拿了竹响篙唰唰地摇着，一面口中轻轻喝着，向屋后白塔跑去了。

来人说了些闲话，言归正传转述到顺顺的意见时，老船夫不知如何回答，只是很惊惶地搓着两只茧结的大手，好像这不会真有其事,而且神气中只像在说:"那好的,那妙的!"其实这老头子却不曾说过一句话。

来人把话说完后,就问做祖父的意见怎么样。老船夫笑着把头点着说:"大老想走车路,这个很好。可是我得问问翠翠,看她自己主张怎么样。"来人被打发走后,祖父在船头叫翠翠下河边来说话。

翠翠拿了一簸箕豌豆下到溪边,上了船,娇娇地问她的祖父:"爷爷,你有什么事?"祖父笑着不说什么,只偏着个白发盈颠的头看着翠翠,看了许久。翠翠坐到船头,有点儿不好意思,低下头去剥豌豆,耳中听着远处竹篁里的黄鸟叫。翠翠想:"日子长咧,爷爷话也长了。"翠翠心轻轻地跳着。

过了一会儿祖父说:"翠翠,翠翠,先前那个人来做什么,你知道不知道?"

翠翠说:"我不知道。"说后脸同颈脖全红了。

祖父看看那种情景,明白翠翠的心事了,便把眼睛向远处望去,在空雾里望见了十六年前翠翠的母亲,老船夫心中异常柔和了。轻轻地自言自语说:"每一只船总要有个码头,每一只雀儿得有个窠。"他同时想起那个可怜的母亲过去的事情,心中有了一点儿隐痛,却勉强笑着。

翠翠呢,正从山中黄鸟杜鹃叫声里,以及山谷中伐竹人一下一下的砍伐竹子声音里,想到许多事情。老虎咬人的故事,与人对骂时四句头的山歌,造纸作坊中的方坑,铁工场熔铁炉里泄出的铁汁,耳朵听来的,眼睛看到的,她似乎都要去温习温习。她所以这样做,又似乎全只为了希望忘掉眼前的一桩事而起。但她实在有点儿误会了。

祖父说:"翠翠,船总顺顺家里请人来做媒,想讨你做媳妇，问我愿不愿。我呢，人老了，再过三年两载会过去的，我没有不愿意的事情。这是你自己的事，你自己想想，自己来说。愿意，就成了；不愿意，也好。"

翠翠不知如何处理这个问题，装作从容，怯怯地望着老祖父。又不便问什么，当然也不好回答。

祖父又说："大老是个有出息的人，为人又正直，又慷慨，你嫁了他，算是命好！"

翠翠弄明白了，人来做媒的是大老！不曾把头抬起，心忡忡地跳着，脸烧得厉害，仍然剥她的豌豆，且随手把空豆荚抛到水中去，望着它们在流水中从从容容地流去，自己也俨然从容了许多。

见翠翠总不作声，祖父于是笑了，且说："翠翠，想几天不碍事。洛阳桥不是一个晚上造得好的，要日子咧。前次那个人来就向我说起这件事，我就已经告过他：车是车路，马是马路，各有规矩。想爸爸做主，请媒人正正经经来说是车路；要自己做主，站到对溪高崖竹林里为你唱三年六个月的歌是马路——你若欢喜走马路，我相信人家会为你在日头下唱热情的歌，在月光下唱温柔的歌，像只洋鹊一样一直唱到吐血喉咙烂！"

翠翠不作声，心中只想哭，可是也无理由可哭。祖父还是再说下去，便引到死过了的母亲来了。老人话说了一阵，沉默了。翠翠悄悄把头撂过一些，见祖父眼中业已酿了一汪眼泪。翠翠又惊又怕，怯生生地说："爷爷，你怎么的？"祖父不作声，用大手掌擦着眼睛，小孩子似的咕咕笑着，跳上岸跑回家中去了。

翠翠心中乱乱的，想赶去却不赶去。

雨后放晴的天气，日头炙到人肩上背上已有了点儿力量。溪边芦苇水杨柳，菜园中菜蔬，莫不繁荣滋茂，带着一分有野性的生气。草丛里绿色蚱蜢各处飞着,翅膀搏动空气时皆作声。枝头新蝉声音虽不成腔却已渐渐洪大。两山深翠逼人的竹篁中,有黄鸟与竹雀杜鹃交递鸣叫。翠翠感觉着,望着,听着,同时也思索着:"爷爷今年七十岁……三年六个月的歌——谁送那只白鸭子呢?……得碾子的好运气,碾子得谁更是好运气?……"

痴着,忽地站起,半簸箕豌豆便倾倒到水中去了。伸手把那簸箕从水中捞起时,隔溪有人喊过渡。

十二

翠翠第二天第二次在白塔下菜园地里,被祖父询问到自己主张时,仍然心儿怦怦地跳着,把头低下不作理会,只顾用手去掐葱。祖父笑着,心想:"还是等等看,再说下去,这一坪葱会全掐掉了。"同时似乎又觉得这期间有点儿古怪处,不好再说下去,便自己按捺住言语,用一个做作的笑话,把问题引到另外一件事情上去了。

天气渐渐地越来越热了。近六月时,天气热了些。老船夫把一个满是灰尘的黑陶缸子,从屋角隅里搬出,自己还匀出些闲工夫,拼了几方木板,做成一个圆盖。又锯木头做成一个三脚架子,且削刮了个大竹筒,用葛藤系定,放在缸边作为舀茶的家具。自从这茶缸移到屋门溪边后,每早上翠翠就烧一大锅开水,倒进那缸子里去。有时缸里加些茶叶,有时却只放下一些用火烧焦的锅巴,乘那东西还燃着时便抛进缸里去。老船夫且照例准备了些发痧肚痛治疱疮疡子的草根木皮,把这些药搁在家中当眼处，一见过渡人神气不对，就忙匆匆地把药取来，善意地勒迫这过路人使用他的药方，且告给人许多救急丹方的来源（这些丹方自然全是他从城中军医同巫师处学来的）。他终日裸着两只膀子，在溪中方头船上站定，头上还常常是光光的，一头短短白发，在日光下如银子。翠翠依然是个快乐人，屋前屋后跑着唱着，不走动时就坐在门前高崖树荫下，吹小竹管儿玩。爷爷仿佛把大老提婚的事早已忘掉，翠翠自然也似乎忘掉这件事情了。

可是那做媒的不久又来探口气了，依然同从前一样，祖父把事情成否全推到翠翠身上去，打发了媒人上路。回头又同翠翠谈了一次，也依然不得结果。

老船夫猜不透这事情在什么方面有个疙瘩，解除不去，夜里躺在床上便常常陷入一种沉思里去，隐隐约约体会到一件事情（指体会到翠翠爱二老不爱大老）。再想下去便是……想到了这里时，他笑了，为了害怕而勉强笑了。其实他有点儿忧愁，因为他忽然觉得翠翠一切全像那个母亲，而且隐隐约约便感觉到这母女二人共通的命运。一堆过去的事情蜂拥而来，不能再睡下去了，一个人便跑出门外，到那临溪高崖上去，望天上的星辰，听河边纺织娘和一切虫类如雨的声音，许久许久还不睡觉。

这件事翠翠自然是注意不及的，这小女孩子日子里尽管玩着，工作着，也同时为一些很神秘的东西驰骋她那颗小小的心，但一到夜里，却甜甜地睡眠了。

不过一切皆得在一份时间中变化。这一家安静平凡的生活，也因了一堆接连而来的日子，在人事上把那安静空气完全打破了。

船总顺顺家中一方面，则天保大老的事已被二老知道了，傩送二老同时也让他哥哥知道了弟弟的心事。这一对难兄难弟原来同时都爱上了那个撑渡船的外孙女。这事情在本地人说来并不稀奇，边地俗话说："火是各处可烧的，水是各处可流的，日月是各处可照的，爱情是各处可到的。"有钱船总儿子，爱上一个弄渡船的穷人家女儿，不能成为稀罕的新闻。有一点儿困难处，只是这两兄弟到了谁应娶得这个女人做媳妇时，是不是也还得照茶峒人规矩，来一次流血的挣扎？

兄弟两人在这方面是不至于动刀的，但也不作兴有"情人奉让"，如大都市懦怯男子爱与仇对面时做出的可笑行为。

那哥哥同弟弟在河上游一个造船的地方，看他家中那一只新船，在新船旁把一切心事全告给了弟弟，且附带说明，这点念头还是两年前植下根基的。弟弟微笑着，把话听下去。两人从造船处沿了河岸又走到王乡绅新碾坊去，那大哥就说："二老，你运气倒好，做了王团总女婿，有座碾坊；我呢，若把事情弄好了，我应当接那个老的手来划渡船了。我欢喜这个事情。我还想把碧溪岨两个山头买过来，在界线上种一片大南竹，围着这一条小溪作为我的寨子！"

那二老仍然默默地听着，把手中拿的一把弯月形镰刀随意斫削路旁的草木，到了碾坊时，却站住了向他哥哥说："大老，你信不信这女子心上早已有了个人？"

"我不信。"

"大老，你信不信这碾坊将来归我？"

"我不信。"

两人于是进了碾坊。

二老又说："你不必——大老，我再问你，假若我不想得到这座碾坊，却打量要那只渡船，而且这念头也是两年前的事，你信不信呢？"

那大哥听来真着了一惊,望了一下坐在碾盘横轴上的傩送二老,知道二老不是说谎,于是站近了一点儿,伸手在二老肩上打了一下,且想把二老拉下来。他明白了这件事,他笑了。他说:"我相信的,你说的全是真话!"

二老把眼睛望着他的哥哥,很诚实地说:"大老,相信我,这是真事。我早就那么打算到了。家中不答应,那边若答应了,我当真预备去弄渡船的!——你告我,你呢?"

"爸爸已听了我的话,为我要城里的杨马兵做保山,向划渡船说亲去了!"大老说到这个求亲手续时,好像知道二老要笑他,又解释要保山去的用意,"只是因为老的说车有车路,马有马路,我就走了车路。"

"结果呢?"

"得不到什么结果。老的口上含李子,说不明白。"

"马路呢?"

"马路呢,那老的说若走马路,我得在碧溪岨对溪高崖上唱三年六个月的歌。把翠翠心子唱软,翠翠就归我了。"

"这并不是个坏主张!"

"是呀,一个结巴人话说不出还唱得出。可是这件事轮不到我了。我不是竹雀,不会唱歌。鬼知道那老人家存心是要把孙女儿嫁个会唱歌的水车,还是预备规规矩矩嫁个人!"

"那你怎么样?"

"我想告那老的,要他说句实在话。只一句话。不成,我跟船下桃源去了;成呢,便是要我撑渡船,我也答应了他。"

"唱歌呢?"

"二老,这是你的拿手好戏,你要去做竹雀你就赶快去吧,我不会捡马粪塞你嘴巴的。"

二老看到哥哥那种样子,便知道为这件事哥哥感到的是一种如何烦恼了。他明白他哥哥的性情,代表了茶峒人粗鲁爽直一面,弄得好,掏出心子来给人也很慷慨做去,弄不好,亲舅舅也必一是一二是二。大老何尝不想在车路上失败时走马路,但他一听到二老的坦白陈述后,他就知道马路只二老有份,他自己的事不能提了。因此他有点儿气恼,有点儿愤慨,自然是无从掩饰的。

二老想出了个主意,就是两兄弟月夜里同过碧溪岨去唱歌,莫让人知道是弟兄两个,两人轮流唱下去,谁得到回答,谁便继续用那张唱歌胜利的嘴唇,服侍那划渡船的外孙女。大老不善于唱歌,轮到大老时也仍然由二老代替。两人凭命运来决定自己的幸福,这么办可说是极公平了。提议时,那大老还以为他自己不会唱,也不想请二老替他做竹雀。但二老那种诗人性格,却使他很固执地要哥哥实行这个办法。二老说必须这样做,一切方公平一点儿。

大老把弟弟提议想想,做了一个苦笑:"×娘的,自己不是竹雀,还请老弟做竹雀!好,就是这样子,我们各人轮流唱,我也不要你帮忙,一切我自己来吧。树林子里的猫头鹰,声音不动听,要老婆时,也仍然是自己叫下去,不请人帮忙的!"

两人把事情说妥当后,算算日子,今天十四,明天十五,后天十六,接连而来的三个日子,正是有大月亮天气。气候既到了仲夏,半夜里不冷不热,穿了自家机布汗褂,到那些月光照及的高崖上去,遵照当地的习惯,很诚实与坦白去为一个"初生之犊"的黄花女唱歌。露水降了,歌声涩了,到应当回家了时,就趁残月赶回家去。或过那些熟识的整夜工作不息的碾坊里去,躺到温暖的谷仓里小睡,等候天明。一切安排皆极其自然,结果是什么，两人虽不明白，但也看得极其自然。两人便决定了从当夜起始，来做这种为当地习惯所认可的竞争。

十三

黄昏来时翠翠坐在家中屋后白塔下，看天空被夕阳烘成桃花色的薄云，十四中寨逢场，城中生意人过中寨收买山货的很多，过渡人也特别多，祖父在溪中渡船上忙个不息。天已快夜，别的雀子似乎都要休息了，只杜鹃叫个不息。石头泥土为白日晒了一整天，草木为白日晒了一整天，到这时节皆放散一种热气。空气中有泥土气味，有草木气味，且有甲虫类气味。翠翠看着天上的红云，听着渡口飘乡生意人的杂乱声音，心中有些儿薄薄的凄凉。

黄昏照样的温柔、美丽和平静。但一个人若体念到这个当前一切时，也就照样地在这黄昏中会有点儿薄薄的凄凉。于是，这日子成为痛苦的东西了。翠翠觉得好像缺少了什么。好像眼见到这个日子过去了，想要在一件新的人事上攀住它，但不成。好像生活太平凡了，忍受不住。

"我要坐船下桃源县过洞庭湖，让爷爷满城打锣去叫我，点了灯笼火把去找我。"

她便同祖父故意生气似的，很放肆地去想到这样一件不可能事情，她且想象她出走后，祖父用各种方法寻觅她皆无结果，到后如何躺在渡船上。

人家喊"过渡，过渡，老伯伯，你怎么的！不管事！""怎么的！翠翠走了，下桃源县了！""那你怎样办？""那怎么办吗？拿了把刀，放在包袱里，搭下水船去杀了她！"……

翠翠仿佛当真听着这种对话，吓怕起来了，一面锐声喊着她的祖父，一面从坎上跑向溪边渡口去。见到了祖父正把船拉在溪中心，船上人嘎嘎说着话，小小心子还依然跳跃不已。

"爷爷，爷爷，你把船拉回来呀！"

那老船夫不明白她的意思，还以为是翠翠要为他代劳了，就说："翠翠，等一等，我就回来！"

"你不拉回来了吗？"

"我就回来！"

翠翠坐在溪边，望着溪面为暮色所笼罩的一切，且望到那只渡船上一群过渡人，其中有个吸旱烟的打着火镰吸烟，把烟杆在船边剥剥地敲着烟灰，就忽然哭起来了。

祖父把船拉回来时，见翠翠痴痴地坐在岸边，问她是什么事，翠翠不作声。祖父要她去烧火煮饭，想了一会儿，觉得自己哭得可笑，一个人便回到屋中去，坐在黑黝黝的灶边把火烧燃后，她又走到门外高崖上去，喊叫她的祖父，要他回家里来。在职务上毫不儿戏的老船夫，因为明白过渡人皆是赶回城中吃晚饭的人，来一个就渡一个，不便要人站在那岸边呆等，故不上岸来。只站在船头告翠翠，不要叫他，且让他做点儿事，把人渡完事后，就会回家里来吃饭。

翠翠第二次请求祖父，祖父不理会，她坐在悬崖上，很觉得悲伤。

天夜了，有一只大萤火虫尾上闪着蓝光，很迅速地从翠翠身旁飞过去，翠翠想："看你飞得多远！"便把眼睛随着那萤火虫的明光追去。杜鹃又叫了。

"爷爷,为什么不上来?我要你!"

在船上的祖父听到这种带着娇有点儿埋怨的声音,一面粗声粗气地答道:"翠翠,我就来,我就来!"一面心中却自言自语:"翠翠,爷爷不在了,你将怎么样?"

老船夫回到家中时,见家中还黑黝黝的,只灶间有火光,见翠翠坐在灶边矮条凳上,用手蒙着眼睛。

走过去才晓得翠翠已哭了许久。祖父一个下半天来,皆弯着个腰在船上拉来拉去,歇歇时手也酸了,腰也酸了,照规矩,一到家里就会嗅到锅中所焖瓜菜的味道,且可看见翠翠安排晚饭在灯光下跑来跑去的影子。今天情形竟不同了一点儿。

祖父说:"翠翠,我来慢了,你就哭,这还成吗?我死了呢?"

翠翠不作声。

祖父又说:"不许哭,做一个大人,不管有什么事都不许哭。要硬扎一点儿,结实一点儿,方配活到这块土地上!"

翠翠把手从眼睛边移开,靠近了祖父身边去:"我不哭了。"

两人做饭时,祖父为翠翠述说起一些有趣味的故事。因此提到了死去了的翠翠的母亲。两人在豆油灯下把饭吃过后,老船夫因为工作疲倦,喝了半碗白酒,因此饭后兴致极好,又同翠翠到门外高崖上月光下去说故事。说了些那个可怜母亲的乖巧处,同时且说到那可怜母亲性格强硬处,使翠翠听来神往倾心。

翠翠抱膝坐在月光下,傍着祖父身边,问了许多关于那个可怜母亲的故事。间或吁一口气,似乎心中压上了些分量沉重的东西,想挪移得远一点儿,才吁着这种气,却无从把那种东西挪开。

月光如银子,无处不可照及,山上篁竹在月光下皆成为黑色。身边草丛中虫声繁密如落雨。间或不知道从什么地方,忽然会有一只草莺"落落落落嘘！"啭着它的喉咙，不久之间，这小鸟儿又好像明白这是半夜，不应当那么吵闹，便仍然闭着那小小眼儿安睡了。

祖父夜来兴致很好，为翠翠把故事说下去，就提到了本城人二十年前唱歌的风气，如何驰名于川黔边地。翠翠的父亲，便是当地唱歌的第一手，能用各种比喻解释爱与憎的结子，这些事也说到了。翠翠母亲如何爱唱歌，且如何同父亲在未认识以前在白日里对歌，一个在半山上竹篁里砍竹子，一个在溪面渡船上拉船，这些事也说到了。

翠翠问："后来怎么样？"

祖父说："后来的事当然长得很，最重要的事情，就是这种歌唱出了你。"

祖父于是沉默了，不曾说"唱出了你后也就死去了你的父亲和母亲"。

十四

老船夫做事累了睡了，翠翠哭倦了也睡了。翠翠不能忘记祖父所说的事情，梦中灵魂为一种美妙歌声浮起来了，仿佛轻轻地各处飘着，上了白塔，下了菜园，到了船上，又复飞窜过悬崖半腰——去做什么呢？摘虎耳草！白日里拉船时，她仰头望着崖上那些肥大虎耳草已极熟悉。崖壁三五丈高，平时攀折不到手，这时节却可以选顶大的叶子做伞。

一切皆像是祖父说的故事，翠翠只迷迷糊糊地躺在粗麻布帐子里草荐上，以为这梦做得顶美顶甜。祖父却在床上醒着，张起个耳朵听对溪高崖上的人唱了半夜的歌。他知道那是谁唱的,他知道是河街上天保大老走马路的第一招,因此又忧愁又快乐地听下去。翠翠因为日里哭倦了,睡得正好,他就不去惊动她。

第二天天一亮,翠翠同祖父起身了,用溪水洗了脸,把早上说梦的忌讳去掉了,翠翠赶忙同祖父去说昨晚上所梦的事情。

"爷爷,你说唱歌,我昨天就在梦里听到一种顶好听的歌声,又软又缠绵,我像跟了这声音各处飞,飞到对溪悬崖半腰,摘了一大把虎耳草,得到了虎耳草,我可不知道把这个东西交给谁去了。我睡得真好,梦得真有趣!"

祖父温和悲悯地笑着,并不告给翠翠昨晚上的事实。

祖父心里想:"做梦一辈子更好,还有人在梦里做宰相咧。"

昨晚上唱歌的,老船夫还以为是天保大老,日来便要翠翠守船,借故到城里去送药,探探情形。在河街见到了大老,就一把拉住那小伙子,很快乐地说:"大老,你这个人,又走车路又走马路,是怎样一个狡猾东西!"

但老船夫却做错了一件事情,把昨晚唱歌人"张冠李戴"了。这两兄弟昨晚上同时到碧溪岨去,为了做哥哥的走车路占了先,无论如何也不肯先开腔唱歌,一定得让那弟弟先唱。弟弟一开口,哥哥却因为明知不是敌手,更不能开口了。翠翠同她祖父晚上听到的歌声,便全是那个傩送二老所唱的。大老伴弟弟回家时,就决定了同茶峒地方离开,驾家中那只新油船下驶,好忘却了上面的一切。这时正想下河去看新油船装货。老船夫见他神情冷冷的,不明白他的意思,就用眉眼做了一个可笑的记号,表示他明白大老的冷淡处是装成的,表示他有好消息可以奉告。他拍了大老一下,跷起一个大拇指,轻轻地说:"你唱得很好,别人在梦里听着你那个歌,为那个歌带得很远,走了不少的路!你是第一号,是我们地方唱歌第一号。"

大老望着弄渡船的老船夫涎皮的老脸,轻轻地说:"算了吧,你把宝贝孙女儿送给会唱歌的竹雀吧。"

这句话使老船夫完全弄不明白他的意思。大老从一个吊脚楼甬道走下河去了,老船夫也跟着下去。到了河边,见那只新船正在装货,许多油篓子搁在河岸边。一个水手正用茅草扎成长束,备作船舷上挡浪用的茅把。还有人坐在河边石头上,用脂油擦抹桨板。老船夫问那个水手,这船什么日子下行,谁押船,那水手把手指着大老。老船夫搓着手说:"大老,听我说句正经话,你那件事走车路,不对;走马路,你有份的!"

那大老把手指着窗口说:"伯伯,你看那边,你要竹雀做孙女婿,竹雀在那里啊!"

老船夫抬头望见二老,正在窗口整理一个渔网。

回碧溪岨到渡船上时,翠翠问:"爷爷,你同谁吵了架,面色那样难看!"

祖父莞尔而笑,他到城里的事情,不告给翠翠一个字。

▫ 十五

大老坐了那只新油船向下河走去了,留下傩送二老在家。老船夫方面还以为上次歌声既归二老唱的,在此后几个日子里,自然还会听到那种歌声。一到了晚间就故意从别样事情上,促翠翠注意夜晚的歌声。两人吃完饭坐在屋里,因屋前滨水,长脚蚊子一到黄昏就嗡嗡地叫着，翠翠便把蒿艾束成的烟包点燃，向屋中角隅各处晃着驱逐蚊子。晃了一阵，估计全屋子里已为蒿艾烟气熏透了，方把烟包搁到床前地上去，再坐在小板凳上来听祖父说话。从一些故事上慢慢地谈到了唱歌，祖父话说得很妙。祖父到后发问道："翠翠，梦里的歌可以使你爬上高崖去摘虎耳草，若当真有谁来在对溪高崖上为你唱歌，你预备怎么样？"祖父把话当笑话说着。

翠翠便也当笑话答道："有人唱歌我就听下去，他唱多久我也听多久！"

"唱三年六个月呢？"

"唱得好听，我听三年六个月。"

"这不大公平吧？"

"怎么不公平？为我唱歌的人，不是极愿意我长远听他唱歌吗？"

"照理说，炒菜要人吃，唱歌要人听。可是人家为你唱，是要你懂他歌里的意思！"

"爷爷，懂歌里什么意思？"

"自然是他那颗想同你要好的真心！不懂那点儿心事，不是同听竹雀唱歌一样吗？"

"我懂了他的心又怎么样？"

祖父用拳头把自己腿重重地捶着，且笑着："翠翠，你人乖，爷爷笨得很，话也说得不温柔，莫生气。我信口开河，说个笑话给你听。你应当当笑话听。河街天保大老走车路，请保山来提亲，我告给过你这件事了，你那神气不愿意，是不是？可是，假若那个人还有个兄弟，走马路，为你来唱歌，向你攀交情，你将怎么说？"

翠翠吃了一惊，低下头去。因为她不明白这笑话究竟有几分真，又不清楚这笑话是谁诌的。

祖父说："你试告我，愿意哪一个？"

翠翠便勉强笑着轻轻地带点儿恳求的神气说："爷爷莫说这个笑话吧。"翠翠站起身了。

"我说的若是真话呢？"

"爷爷你真是个……"翠翠说着走出去了。

祖父说："我说的是笑话，你生我的气吗？"

翠翠不敢生祖父的气，走近门限边时，就把话引到另外一件事情上去："爷爷看天上的月亮，那么大！"说着，出了屋外，便在那一派清光的露天中站定。站了一会儿，祖父也从屋中出到外边来了。翠翠于是坐到那白日里为强烈阳光晒热的岩石上去，石头正散发日间所储的余热。祖父就说："翠翠，莫坐热石头，免得生坐板疮。"

但自己用手摸摸后，也坐到那岩石上了。

月光极其柔和，溪面浮着一层薄薄的白雾，这时节对溪若有人唱歌，隔溪应和，实在太美丽了。翠翠还记着先前祖父说的笑话。耳朵又不聋，祖父的话说得极分明，一个兄弟走马路，唱歌来打发这样的晚上，算是怎么一回事？她似乎为了等着这样的歌声，沉默了许久。

她在月光下坐了一阵，心里却当真愿意听一个人来唱歌。久之，对溪除了一片草虫的清音复奏以外别无所有。翠翠走回家里去，在房门边摸着了那个芦管，拿出来在月光下自己吹着。觉吹得不好，又递给祖父要祖父吹。老船夫把那个芦管竖在嘴边，吹了个长长的曲子，翠翠的心被吹柔软了。

翠翠依傍祖父坐着，问祖父："爷爷，谁是第一个做这个小管子的人？"

"一定是个最快乐的人做的,因为他分给人的也是许多快乐;可又像是个最不快乐的人做的,因为他同时也可以引起人不快乐!"

"爷爷,你不快乐了吗?生我的气了吗?"

"我不生你的气。你在我身边,我很快乐。"

"我万一跑了呢?"

"你不会离开爷爷的。"

"万一有这种事,爷爷你怎么样?"

"万一有这种事,我就驾了这只渡船去找你。"

翠翠哧地笑了:"凤滩茨滩不为凶,上面还有绕鸡笼;绕鸡笼也容易下,青浪滩浪如屋大。爷爷,你渡船也能下凤滩茨滩青浪滩吗?那些地方的水,你不说过全是像疯子,毫不讲道理?"

祖父说:"翠翠,我到那时可真像疯子,还怕大水大浪?"

翠翠俨然极认真地想了一下,就说:"爷爷,我一定不走。可是,你会不会走?你会不会被一个人抓到别处去?"

祖父不作声了,他想到不犯王法不怕官,只有被死亡抓走那一类事情。

老船夫打量着自己被死亡抓走以后的情形,痴痴地看望天南角上一颗星子,心想:"七月八月天上方有流星,人也会在七月八月死去吧?"又想起白日在河街上同大老谈话的经过,想起中寨人陪嫁的那座碾坊,想起二老,想起一大堆事情,心中有点儿乱。

翠翠忽然说:"爷爷,你唱个歌给我听听,好不好?"

祖父唱了十个歌,翠翠傍在祖父身边,闭着眼睛听下去,等到祖父不作声时,翠翠自言自语说:"我又摘了一把虎耳草了。"

祖父所唱的歌,原来便是那晚上听来的歌。

十六

二老有机会唱歌却从此不再到碧溪岨唱歌。十五过去了，十六也过去了，到了十七，老船夫忍不住了，进城往河街去寻那个年轻小伙子，到城门边正预备入河街时，就遇着上次为大老做保山的杨马兵，正牵了一匹骡马预备出城，一见老船夫，就拉住了他："伯伯，我正有事情告你，碰巧你就来城里！"

"什么事情？"

"天保大老坐下水船到茨滩出了事，闪不知这个人掉到滩下漩水里就淹坏了。早上顺顺家里得到这个信息，听说二老一早就赶去了。"

这个不吉消息同有力巴掌一样，重重地捆了老船夫那么一下，他不相信这是当真的消息。他故作从容地说："天保大老淹坏了吗？从不闻有水鸭子被水淹坏的！"

"可是那只水鸭子仍然有那么一次被淹坏了……我赞成你的卓见，不让那小子走车路十分顺手。"

从马兵言语上，老船夫还十分怀疑这个新闻，但从马兵神气上注意，老船夫却看清楚这是个真的消息了。他惨惨地说："我有什么卓见可说？这是天意！一切都有天意……"老船夫说时心中充满了感情。

特为证明那马兵所说的话有多少可靠处，老船夫同马兵分手后，于是匆匆赶到河街上去。到了顺顺家门前，正有人烧纸钱，许多人围在一处说话。参加进去听听，所说的便是杨马兵提到的那件事。但一到有人发现了身后的老船夫时，大家便把话语转了方向，故意来谈下河油价涨落情形了。老船夫心中很不安，正想找一个比较要好的水手谈谈。

一会儿船总顺顺从外面回来了，样子沉沉的，这豪爽正直的中年人，正似乎为不幸打倒，努力想挣扎爬起的神气，一见到老船夫就说："老伯伯，我们谈的那件事情吹了吧。天保大老已经坏了，你知道了吧？"

老船夫两只眼睛红红的，把手搓着："怎么的，这是真事！这不会是真事！是昨天，是前天？"

另一个像是赶路，回来报信的，便插嘴说道："十六中上，船搁到石包子上，船头进了水，大老想把篙撇着，人就弹到水中去了。"

老船夫说："你眼见他下水吗？"

"我还和他同时下水！"

"他说什么？"

"什么都来不及说！这几天来他都不说话！"

老船夫把头摇摇，向顺顺那么怯怯地溜了一眼。船总顺顺像知道他的心中不安处，就说："伯伯，一切是天，算了吧。我这里有大兴场人送来的好烧酒，你拿一点儿去喝吧。"一个伙计用竹筒子上了一筒酒，用新桐木叶蒙着筒口，交给了老船夫。

老船夫把酒拿走，到了河街后，低头向河码头走去，到河边天保大前天上船处去看看。杨马兵还在那里放马到沙地上打滚，自己坐在柳树荫下乘凉。老船夫就走过去请马兵试试那大兴场的烧酒，两人喝了点儿酒后，兴致似乎好些了，老船夫就告给杨马兵，十四夜里二老两兄弟过碧溪岨唱歌那件事情。

那马兵听到后便说："伯伯，你是不是以为翠翠愿意二老，应该派归二老……"

话不说完,傩送二老却从河街下来了。这年轻人正像要远行的样子,一见了老船夫就回头走去。杨马兵喊他说:"二老,二老,你来,我有话同你说呀!"

二老站定了,很不高兴的神气,问马兵:"有什么话说。"

马兵望望老船夫,就向二老说:"你来,有话说!"

"什么话?"

"我听人说你已经走了——你过来我同你说,我不会吃掉你!你什么时候走?"

那黑脸宽肩膀,样子虎虎有生气的傩送二老,勉强似的笑着,到了柳荫下时,老船夫想把空气缓和下来,指着河上游远处那座新碾坊说:"二老,听人说那碾坊将来是归你的!归了你,派我来守碾子,行不行?"

二老仿佛听不惯这个询问的用意,便不作声。杨马兵看风头有点儿僵,便说:"二老,你怎么的,预备下去吗?"那年轻人把头点点,不再说什么,就走开了。

老船夫讨了个没趣,很懊恼地赶回碧溪岨去,到了渡船上时,就装作把事情看得极随便似的,告给翠翠:"翠翠,今天城里出了件新鲜事情,天保大老驾油船下辰州,运气不好,掉到茨滩淹坏了。"

翠翠因为听不懂,对于这个报告最先好像全不在意。祖父又说:"翠翠,这是真事。上次来到这里做保山的那个杨马兵,还说我早不答应亲事,极有见识!"

翠翠瞥了祖父一眼,见他眼睛红红的,知道他喝了酒,且有了点儿事情不高兴,心中想:"谁撩你生气?"船到家边时,祖父不自然地笑着向家中走去。翠翠守船,半天不闻祖父声息,赶回家去看看,见祖父正坐在门槛上编草鞋耳子。

翠翠见祖父神气极不对，就蹲到他身前去。

"爷爷，你怎么的？"

"天保当真死了！二老生了我们的气，以为他家中出这件事情，是我们分派的！"

有人在溪边大喊渡船过渡，祖父匆匆出去了。翠翠坐在那屋角隅稻草上，心中极乱，等等还不见祖父回来，就哭起来了。

十七

祖父似乎生谁的气，脸上笑容减少了，对于翠翠方面也不大注意了。翠翠像知道祖父已不很疼她，但又像不明白它的真正原因。但这并不是很久的事，日子一过去，也就好了。两人仍然划船过日子，一切依旧，唯对于生活，却仿佛什么地方有了个看不见的缺口，始终无法填补起来。祖父过河街去仍然可以得到船总顺顺的款待，但很明显的事，那船总却并不忘掉死去者死亡的原因。二老出白河下辰州走了六百里，沿河找寻那个可怜哥哥的尸骸，毫无结果，在各处税关上贴下招字，返回茶峒来了。过不久，他又过川东去办货，过渡时见到老船夫。老船夫看看那小伙子，好像已完全忘掉了从前的事情，就同他说话。

"二老，大六月日头毒人，你又上川东去，不怕辛苦？"

"要吃饭，头上是火也得上路！"

"要吃饭！二老家还少饭吃？！"

"有饭吃，爹爹说年轻人也不应该在家中白吃不做事！"

"你爹爹好吗？"

"吃得做得,有什么不好!"

"你哥哥坏了,我看你爹爹为这件事情也好像萎悴多了!"

二老听到这句话,不作声了,眼睛望着老船夫屋后那个白塔。他似乎想起了过去那个晚上,那件旧事,心中十分惆怅。

老船夫怯怯地望了年轻人一眼,一个微笑在脸上漾开。

"二老,我家里翠翠说,五月里有天晚上,做了个梦……"说时他又望望二老,见二老并不惊讶,也不厌烦,于是又接着说,"她梦得古怪,说在梦中被一个人的歌声浮起来,上对溪悬岩摘了一把虎耳草!"

二老把头偏过一旁去做了一个苦笑,心中想到"老头子倒会做作"。这点儿意思在那个苦笑上,仿佛同样泄露出来,仍然被老船夫看到了,老船夫显得有点儿慌张,就说:"二老,你不相信吗?"

那年轻人说:"我怎么不相信?因为我做傻子在那边岩上唱过一晚的歌!"

老船夫被一句料想不到的老实话窘住了,口中结结巴巴地说:"这是真的……这是假的……"

"怎不是真的?天保大老的死,难道不是真的!"

"可是,可是……"

老船夫的做作处,原意只是想把事情弄明白一点儿,但一起始自己叙述这段事情时,方法上就有了错处,故反被二老误会了。他这时正想把那夜的情形好好说出来,船已到了岸边。二老一跃上了岸,就想走去。老船夫在船上显得更加忙乱的样子说:"二老,二老,你等等,我有话同你说,你先前不是说到那个——你做傻子的事情吗?你并不傻,别人当真方为你那歌弄成傻相!"

那年轻人虽站定了,口中却轻轻地说:"得了够了,不要说了。"

老船夫说："二老，我听说你不要碾子要渡船，这是杨马兵说的，不是真的打算吧？"

那年轻人说："要渡船又怎样？"

老船夫看看二老的神气，心中忽然高兴起来了，就情不自禁地高声叫着翠翠，要她下溪边来。可是事不凑巧，不知翠翠是故意不从屋里出来，还是到别处去了，许久还不见到翠翠的影子，也不闻这个女孩子的声音。二老等了一会儿看看老船夫那副神气，一句不说，便微笑着，大踏步同一个挑担粉条白糖货物的脚夫走去了。

过了碧溪岨小山，两人应沿着一条曲曲折折的竹林走去，那个脚夫这时节开了口："傩送二老，我看那弄渡船的神气，很欢喜你！"

二老不作声，那人就又说道："二老，他问你要碾坊还是要渡船，你当真预备做他的孙女婿，接替他那只破渡船吗？"

二老笑了，那人又说："二老若这件事派给我，我要那座碾坊。一座碾坊的出息，每天可收七升米，三斗糠。"

二老说："我回来时和我爹爹去说，为你向中寨人做媒，让你得到那座碾坊吧。至于我呢，我想弄渡船是很好的。只是老的为人弯弯曲曲，不索利，大老是他弄死的。"

老船夫见二老那么走去了，翠翠还不出来，心中很不快乐。走回家中看看，原来翠翠并不在家。过一会儿，翠翠提了个篮子从小山后回来，方知道大清早翠翠已出门掘竹鞭笋去了。

"翠翠，我喊了你好久，你不听到！"

"做什么喊我？"

"一个人过渡……一个熟人,我们谈起你……我喊你你可不答应!"

"是谁?"

"你猜,翠翠。不是陌生人……你认识他!"

翠翠想起适间从竹林里无意中听来的话,脸红了,半天不说话。

老船夫问:"翠翠,你得了多少鞭笋?"

翠翠把竹篮向地下一倒,除了十来根小小鞭笋外,只是一大把虎耳草。

老船夫望了翠翠一眼,翠翠两颊绯红跑了。

▫ 十八

日子平平地过了一个月,一切人心上的病痛,似乎皆在那份长长的白日下医治好了。天气特别热,各人皆只忙着流汗,用凉水淘江米酒吃,不用什么心事,心事在人生活中,也就留不住了。翠翠每天皆到白塔下背太阳的一面去午睡,高处既极凉快,两山竹篁里叫得使人发松的竹雀与其他鸟类,又如此之多,致使她在睡梦里尽为山鸟歌声所浮着,做的梦便常是顶荒唐的梦。

这不是人生罪过。诗人们会在一件小事上写出一整本整部的诗;雕刻家在一块石头上雕得出骨血如生的人像;画家一撇儿绿,一撇儿红,一撇儿灰,画得出一幅一幅带有魔力的彩画,谁不是为了惦着一个微笑的影子,或是一个皱眉的记号,方弄出那么些古怪成绩?翠翠不能用文字,不能用石头,不能用颜色,把那点儿心头上的爱憎移到别一件东西上去,却只让她的心,在一切顶荒唐事情上驰骋。她从这份隐秘里,便常常得到又惊又喜的兴奋。一点儿不可知的未来,摇撼她的情感极厉害,她无从完全把那种痴处不让祖父知道。

祖父呢,可以说一切都知道了的。但事实上他却又是个一无所知的人。他明白翠翠不讨厌那个二老,却不明白那小伙子二老近来怎么样。他从船总与二老处皆碰过了钉子,但他并不灰心。

"要安排得对一点儿,方合道理,一切有个命!"他那么想着,就更显得好事多磨起来了。睁着眼睛时,他做的梦比那个外孙女翠翠便更荒唐更寥廓。

他向各个过渡本地人打听二老父子的生活,关切他们如同自己家中人一样。但也古怪,因此他却怕见到那个船总同二老了。一见他们他就不知说些什么,只是老脾气把两只手搓来搓去,从容处完全失去了。二老父子方面皆明白他的意思,但那个死去的人,却用一个凄凉的印象,镶嵌到父子心中,两人便对于老船夫的意思,俨然全不明白似的,一同把日子打发下去。

明明白白夜来并不做梦,早晨同翠翠说话时,那做祖父的会说:"翠翠,翠翠,我昨晚上做了个好不怕人的梦!"

翠翠问:"什么怕人的梦?"

他就装作思索梦境似的,一面细看翠翠小脸长眉毛,一面说出他另一时张着眼睛所做的好梦。不消说,那些梦原来都并不是当真怎样使人吓怕的。

一切河流皆得归海,话起始说得纵极远,到头来总仍然是归到使翠翠红脸那件事情上去。待到翠翠显得不大高兴,神气上露出受了点儿小窘时,这老船夫又才像有了一点儿吓怕,忙着解释,用闲话来遮掩自己所说到那问题的原意。

"翠翠,我不是那么说,我不是那么说。爷爷老了,糊涂了,笑话多咧。"

但有时翠翠却静静地把祖父那些笑话糊涂话听下去,一直听到后来还抿着嘴儿微笑。

翠翠也会忽然说道:"爷爷,你真是有一点儿糊涂!"

祖父听过了不再作声,他将说"我有一大堆心事",但来不及说,恰好就被过渡人喊走了。

天气热了,过渡人从远处走来,肩上挑的是七十斤担子,到了溪边,贪凉快不即走路,必蹲在岩石下茶缸边喝凉茶,与同伴交换"吹吹棒"烟管,且一面与弄渡船的攀谈。许多天上地下子虚乌有的话皆从此说出口来,给老船夫听到了。过渡人有时还因溪水清洁,就溪边洗脚抹澡的,坐得更久话也就更多。祖父把些话转说给翠翠,翠翠也就学懂了许多事情。货物的价钱涨落呀,坐轿搭船的用费呀,放木筏的人把他那个木筏从滩上流下时,十来把大招子如何活动呀,在小烟船上吃荤烟,大脚婆娘如何烧烟呀……无一不备。

傩送二老从川东押物回到了茶峒。时间已近黄昏了,溪面很寂静,祖父同翠翠在菜园地里看萝卜秧子。翠翠白日中觉睡久了些,觉得有点儿寂寞,好像听人嘶声喊过渡,就争先走下溪边去。下坎时,见两个人站在码头边,斜阳影里背身看得极分明,正是傩送二老同他家中的长年!翠翠大吃一惊,同小兽物见到猎人一样,回头便向山竹林里跑掉了。但那两个在溪边的人,听到脚步响时,一转身,也就看明白这件事情了。等了一下再也不见人来,那长年又嘶声喊叫过渡。

老船夫听得清清楚楚,却仍然蹲在萝卜秧地上数菜,心里觉得好笑。他已见到翠翠走去,他知道必是翠翠看明白了过渡人是谁,故意蹲在那高岩上不理会。翠翠人小不管事,过渡人求她不干,奈何她不得,故只好嘶着个喉咙叫过渡了。那长年叫了几声,见没有人来,就停了,同二老说:"这是什么玩意儿,难道老的害病弄翻了,只剩翠翠一个人了吗?"二老说:"等等看,不算什么!"就等了一阵。因为这边在静静地等着,园地上老船夫却在心里说:"难道是二老吗?"他仿佛担心搅恼了翠翠似的,就仍然蹲着不动。

但再过一阵,溪边又喊起过渡来了,声音不同了一点儿,这才真是二老的声音。生气了吧?等久了吧?吵嘴了吧?老船夫一面胡乱估着,一面连奔带窜跑到溪边去。到了溪边,见两个人业已上了船,其中之一正是二老。老船夫惊讶地喊叫:"呀,二老,你回来了!"

年轻人很不高兴似的:"回来了——你们这渡船是怎么的,等了半天也不来个人!"

"我以为——"老船夫四处一望,并不见翠翠的影子,只见黄狗从山上竹林里跑来,知道翠翠上山了,便改口说,"我以为你们过了渡。"

"过了渡!不得你上船,谁敢开船?"那长年说着,一只水鸟掠着水面飞去,"翠鸟儿归窠了,我们还得赶回家去吃夜饭!"

"早咧,到河街早咧,"说着,老船夫已跳上了船,且在心中一面说着,"你不是想承继这只渡船吗!"一面把船索拉动,船便离岸了。

"二老,路上累得很!……"

老船夫说着,二老不置可否不动感情听下去。船拢了岸,那年轻小伙子同家中长年话也不说挑担子翻山走了。那点儿淡漠印象留在老船夫心上，老船夫于是在两个人身后，捏紧拳头威吓了三下，轻轻地吼着，把船拉回去了。

十九

翠翠向竹林里跑去，老船夫半天还不下船，这件事从傩送二老看来，前途显然有点儿不利。虽老船夫言辞之间，无一句话不在说明"这事有边"，但那畏畏缩缩的说明，极不得体，二老想起他的哥哥，便把这件事曲解了。他有一点儿愤愤不平，有一点儿气恼。回到家里第三天，中寨有人来探口风，在河街顺顺家中住下，把话问及顺顺，想明白二老的心中，是不是还有意接受那座新碾坊，顺顺就转问二老自己意见怎么样。

二老说："爸爸，你以为这事为你，家中多座碾坊多个人，你可以快活，你就答应了。若果为的是我，我要好好去想一下，过些日子再说它吧。我尚不知道我应当得座碾坊，还是应当得一只渡船。因为我命里或许我撑个渡船！"

探口风的人把话记住，回中寨去报命。到碧溪岨过渡时，见到了老船夫，想起二老说的话，不由得眯眯地笑着。老船夫问明白了他是中寨人，就又问他上城做些什么事。

那心中有分寸的中寨人说："什么事也不做，只是过河街船总顺顺家里坐了一会儿。"

"无事不登三宝殿，坐了一定就有话说！"

"话倒说了几句。"

"说了些什么话?"那人不再说了。老船夫却问道:"听说你们中寨人想把河边一座碾坊连同家中闺女送给河街上顺顺,这事情有不有了点儿眉目?"

那中寨人笑了:"事情成了。我问过顺顺,顺顺很愿意和中寨人结亲家,又问过那小伙子……"

"小伙子意思怎么样?"

"他说:我眼前有座碾坊,有条渡船,我本想要渡船,现在就决定要碾坊吧。渡船是活动的,不如碾坊固定。这小子会打算盘呢。"

中寨人是个米场经纪人,话说得极有斤两,他明知道"渡船"指的是什么意思,但他可并不说穿。他看到老船夫口唇嚅动,想要说话,中寨人便又抢着说道:"一切皆是命,半点儿不由人。可怜顺顺家那个大老,相貌一表堂堂,会淹死在水里!"

老船夫被这句话在心上戳了一下,把想问的话咽住了。中寨人上岸走去后,老船夫闷闷地立在船头,痴了许久。又把二老日前过渡时的落寞神气温习一番,心中大不快乐。

翠翠在塔下玩得极高兴,走到溪边高岩上想要祖父唱唱歌,见祖父不理会她,一路埋怨赶下溪边去。到了溪边方见到祖父神气十分沮丧,可不明白什么原因。翠翠来了,祖父看看翠翠的快活黑脸儿,粗鲁地笑笑。对溪有扛货物过渡的,便不说什么,沉默地把船拉过溪南,到了中心却大声唱起歌来了。把人渡了过溪,祖父跳上码头走近翠翠身边来,还是那么粗鲁地笑着,把手抚着头额。

翠翠说:"爷爷怎么的,你发痧了?你躺到荫下去歇歇,我来管船!"

"你来管船,好的,妙的,这只船归你管!"

老船夫似乎当真发了痧,心头发闷,虽当着翠翠还显出硬扎样子,独自走回屋里后,找寻得到一些碎瓷片,在自己臂上腿上扎了几下,放出了些乌血,就躺在床上睡了。

翠翠自己守船,心中却古怪地快乐高兴,心想:"爷爷不为我唱歌,我自己会唱!"

她唱了许多歌,老船夫躺在床上闭着眼睛,一句一句听下去,心中极乱。但他知道这不是能够把他打倒的大病,到明天就仍然会爬起来的。他想明天进城,到河街去看看,又想起另外许多旁的事情。

但到了第二天,人虽起了床,头还沉沉的。祖父当真已病了。翠翠显得懂事了些,为祖父煎了一罐大发药,逼着祖父喝,又觅过屋后菜园地里摘取蒜苗泡在米汤里做酸蒜苗。一面照料船只,一面还时时刻刻抽空赶回家来看祖父,问这样那样。祖父可不说什么,只是为一个秘密痛苦着。躺了三天,人居然好了。屋前屋后走动了一下,骨头还硬硬的,心中惦念到一件事情,便预备进城过河街去。翠翠看不出祖父有什么要紧事情,必须当天入城,请求他莫去。

老船夫把手搓着,估量到是不是应说出那个理由。在面前,翠翠一张黑黑的瓜子脸,一双水汪汪的眼睛,使他吁了一口气。

他说:"我有要紧事情,得今天去!"

翠翠苦笑着说:"有多大要紧事情,还不是……"

老船夫知道翠翠脾气,听翠翠口气已经有点儿不高兴,不再说要走了,把预备带走的竹筒,同扣花褡裢搁到长几上后,带点儿谄媚笑着说:"不去吧,你担心我会把自己摔死,我就不去吧。我以为天气早上不很热,到城里把事办完了就回来——不去也得，我明天去！"

翠翠轻声地温柔地说："你明天去也好，你腿还软！好好地躺一天再起来。"

老船夫似乎心中还不甘服，撒着两手走出去，在门限边一个打草鞋的棒槌，差点儿把他绊了一大跤。稳住了时翠翠苦笑着说："爷爷，你瞧，还不服气！"老船夫拾起那棒槌，向屋角隅摔去，说道："爷爷老了！过几天打豹子给你看！"

到了午后，落了一阵行雨，老船夫却同翠翠好好商量，仍然进了城。翠翠不能陪祖父进城，就要黄狗跟去。老船夫在城里被一个熟人拉着谈了许久盐价米价，又过守备衙门看了一会儿厘金局长新买的骡马，方到河街顺顺家里去。到了那里，见顺顺正同三个人打纸牌，不便谈话，就站在身后看了一阵牌。后来顺顺请他喝酒，借口病刚好点儿不敢喝酒，推辞了。牌既不散场，老船夫又不想即走，顺顺似乎并不明白他等着有何话说，却只注意手中的牌。后来老船夫的神气倒为另外一个人看出了，就问他是不是有什么事情。老船夫方忸忸怩怩照老方子搓着他那两只大手，说别的事没有，只想同船总说两句话。

那船总方明白在身后看牌半天的理由，回头对老船夫笑将起来。

"怎不早说？你不说，我还以为你在看我牌学张子。"

"没有什么，只是三五句话，我不便扫兴，不敢说出。"

船总把牌向桌上一撒，笑着向后房走去了，老船夫跟在身后。

"什么事？"船总问着，神气似乎先就明白了他来此要说的话，显得略微有点儿怜悯的样子。

"我听一个中寨人说你预备同中寨团总打亲家，是不是真事？"

船总见老船夫的眼睛盯着他的脸,想得一个满意的回答,就说:"有这事情。"那么答应,意思却是:"有了你怎么样?"

老船夫说:"真的吗?"

那一个又很自然地说:"真的。"意思却依旧包含了"真的又怎么样?"一个疑问。

老船夫装得很从容地问:"二老呢?"

船总说:"二老坐船下桃源好些日子了!"

二老下桃源的事,原来还同他爸爸吵了一阵方走的。船总性情虽异常豪爽,可不愿意间接把第一个儿子弄死的女孩子,又来做第二个儿子的媳妇,这是很明白的事情。若照当地风气,这些事认为只是小孩子的事,大人管不着,二老当真欢喜翠翠,翠翠又爱二老,他也并不反对这种爱怨纠缠的婚姻。但不知怎么的,老船夫对于这件事情的关心处,使二老父子对于老船夫反而有了一点儿误会。船总想起家庭间的近事,以为全与这老而好事的船夫有关,虽不见诸形色,心中却有个疙瘩。

船总不让老船夫再开口了,就语气略粗地说道:"伯伯,算了吧,我们的口只应当喝酒了,莫再只想替儿女唱歌!你的意思我全明白,你是好意。可是我也求你明白我的意思,我以为我们只应当谈点儿自己分上的事情,不适宜于想那些年轻人的门路了。"

老船夫被一个闷拳打倒后,还想说两句话,但船总却不让他再有说话的机会,把他拉出到牌桌边去。

老船夫无话可说,看看船总时,船总虽还笑着谈到许多笑话,心中却似乎很沉郁,把牌用力掷到桌上去。老船夫不说什么,戴起他那个斗笠,自己走了。

天气还早,老船夫心中很不高兴,又进城去找杨马兵。那马兵正在喝酒，老船夫虽推病，也免不了喝个三五杯。回到碧溪岨，走得热了一点儿，又用溪水去抹身子。觉得很疲倦，就要翠翠守船，自己回家睡去了。

　　黄昏时天气十分郁闷，溪面各处飞着红蜻蜓。天上已起了云，热风把两山竹篁吹得声音极大，看样子到晚上必落大雨。翠翠守在渡船上，看着那些溪面飞来飞去的蜻蜓，心也极乱。看祖父脸上颜色惨惨的，放心不下，便又赶回家中去。先以为祖父一定早睡了，谁知还坐在门限上打草鞋！

　　"爷爷，你要多少双草鞋，床头上不是还有十四双吗？怎么不好好地躺一躺？"

　　老船夫不作声，却站起身来昂头向天空望着，轻轻地说："翠翠，今晚上要落大雨响大雷的！回头把我们的船系到岩下去，这雨大哩。"

　　翠翠说："爷爷，我真吓怕！"翠翠怕的似乎并不是晚上要来的雷雨。

　　老船夫似乎也懂得那个意思，就说："怕什么？一切要来的都得来，不必怕！"

二十

　　夜间果然落了大雨，挟以吓人的雷声。电光从屋脊上掠过时，接着就是轰的一个炸雷。翠翠在暗中抖着。祖父也醒了，知道她害怕，且担心她着凉，还起身来把一条布单搭到她身上去。祖父说："翠翠，不要怕！"

翠翠说:"我不怕!"说了还想说,"爷爷你在这里我不怕!"

轰的一个大雷,接着是一种超越雨声而上的洪大闷重的倾圮声。两人皆以为一定是溪岸悬崖崩落了!担心到那只渡船,会早已压在崖石下面去了。

祖孙两人便默默地躺在床上听雨声雷声。

但无论如何大雨,过不久,翠翠却依然就睡着了。醒来时天已亮了,雨不知在何时业已止息,只听到溪两岸山沟里注水入溪的声音。翠翠爬起身来,看看祖父还似乎睡得很好,开了门走出去,门前已成为一个水沟,一股浊流便从塔后哗哗地流来,从前面悬崖直堕而下。并且各处皆是那么一种临时的水道。屋旁菜园地已为山水冲乱了,菜秧皆掩在粗沙泥里了。再走过前面去看看溪里一切,才知道溪中也涨了大水,已漫过了码头,水脚快到茶缸边了。下到码头去的那条路,正同一条小河一样,哗哗地泄着黄泥水。过渡的那一条横溪牵定的缆绳,已被水淹去了。泊在崖下的渡船,已不见了。

翠翠看看屋前悬崖并不崩坍,故当时还不注意渡船的失去。但再过一阵,她上下搜索不到这东西,无意中回头一看,屋后白塔已不见了。一惊非同小可,赶忙向屋后跑去,才知道白塔业已坍倒,大堆砖石极凌乱地摊在那儿。翠翠吓慌得不知所措,只锐声叫她的祖父。祖父不起身,也不答应,就赶回家里去,到得祖父床边摇了祖父许久,祖父还不作声。原来这个老年人在雷雨将息时已死去了。

翠翠于是大哭起来。

过一阵,有从茶峒过川东跑差事的人,到了溪边,隔溪喊过渡,翠翠正在灶边一面哭着一面烧水预备为死去的祖父抹澡。

那人以为老船夫一家还不醒,急于过河,喊叫不应,就抛掷小石头过溪,打到屋顶上。翠翠鼻涕眼泪成一片地走出来,跑到溪边高崖前站定。

"喂,不早了!把船划过来!"

"船跑了!"

"你爷爷做什么事情去了呢?他管船,有责任!"

"他管船,管了五十年的船——他死了啊!"

翠翠一面向隔溪人说着一面大哭起来。那人知道老船夫死了,得进城去报信,就说:"真死了吗?不要哭吧,我回城去告他们,要他们弄条船带东西来!"

那人回到茶峒城边时,一见熟人就报告这件事,不多久,全茶峒城里外便皆知道这个消息了。河街上船总顺顺,派人找了一只空船,带了副白木匣子,即刻向碧溪岨撑去。城中杨马兵却同一个老军人,赶到碧溪岨去了,砍了几十根大毛竹,用葛藤编作筏子,作为来往过渡的临时渡船。筏子编好后,撑了那个东西,到翠翠家中那一边岸下,留老兵守竹筏来往渡人,自己跑到翠翠家去看那个死者,眼泪湿莹莹的,摸了一会儿躺在床上硬僵僵的老友,又赶忙着做些应做的事情。到后帮忙的人来了,从大河船上运来的棺木也来了,住在城中的老道士,还带了许多法器,一件旧麻布道袍,并提了一只大公鸡,来尽义务办理念经起水诸事,也从筏上渡过来了。家中人出出进进,翠翠只坐在灶边矮凳上呜呜地哭着。

到了中午,船总顺顺也来了,还跟着一个人扛了一口袋米,一坛酒,大腿猪肉。见了翠翠就说:"翠翠,爷爷死了我知道了,老年人是必需死的。劳苦了一辈子,也应当休息了。你不要发愁，一切有我！"各方面看看，就回去了。

到了下午入了殓，一些帮忙的回家去了，晚上便只剩下了那老道士、杨马兵同顺顺家派来的两个年轻长年。黄昏以前老道士用红绿纸剪了一些花朵，用黄泥做了一些烛台。天断黑后，棺木前小桌上点起黄色九品蜡，燃了香，棺木周围也点了小蜡烛，老道士披上那件蓝麻布道袍，开始了丧事中绕棺仪式。老道士在前拿着个小小纸幡引路，孝子第二，马兵殿后，绕着那具寂寞棺木慢慢转着圈子。两个长年则站在灶边空处，胡乱地打着锣钹。老道士一面闭了眼睛走去，一面且唱且哼，安慰亡灵。提到关于亡魂所到四方极乐世界花香四季时，老马兵就把木盘里的纸花，向棺木上高高撒去，象征这个西方极乐世界情形。

到了半夜，事情办完了，放过爆竹，蜡烛也快熄灭了，翠翠眼泪婆娑的，赶忙又到灶边去烧火，为帮忙的人办消夜。吃了消夜，老道士歪到死人床上睡着了。剩下几个人还得照规矩在棺木前守夜，老马兵为大家唱丧堂歌取乐，用个空的量米木升子，当作小鼓，把手剥剥剥地一面敲着升底一面唱下去——唱王祥卧冰的事情，唱黄香扇枕的事情。

翠翠哭了一整天，也同时忙了一整天，到这时已倦极，把头靠在棺前眯着了，两个长年同马兵既吃了消夜，喝过两杯酒，精神还虎虎的，便轮流把丧堂歌唱下去。但只一会儿，翠翠又醒了，仿佛梦到什么，惊醒后明白祖父已死，于是又幽幽地干哭起来。

"翠翠，翠翠，不要哭啦，人死了哭不回来的！"

老马兵接着就说了一个做新嫁娘的人哭泣的笑话，话语中夹杂了三五个粗野字眼儿，因此引起两个长年咕咕地笑了许久。黄狗在屋外吠着，翠翠开了大门，到外面去站了一会儿，耳听到各处是虫声，天上月色极好，大星子嵌进透蓝天空里，非常沉静温柔。

翠翠想："这是真事吗？爷爷当真死了吗？"

老马兵原来跟在她的后边，因为他知道女孩子心门儿窄，说不定一炉火闷在灰里，痕迹不露，见祖父去了，自己一切皆已无望，跳崖悬梁，想跟着祖父一块儿去，也说不定！故随时小心监视到翠翠。

老马兵见翠翠痴痴地站着，时间过了许久还不回头，就打着咳叫翠翠说："翠翠，露水落了，不冷吗？"

"不冷。"

"天气好得很！"

"呀……"一颗大流星使翠翠轻轻地喊了一声。

接着南方又是一颗流星划空而下。对溪有猫头鹰叫。

"翠翠，"老马兵业已同翠翠并排一块儿站定了，很温和地说，"你进屋里睡去了吧，不要胡思乱想！"

翠翠默默地回到祖父棺木前，坐在地上又呜咽起来。守在屋中的两个长年已睡着了。

那一个马兵便幽幽地说道："不要哭了！不要哭了！你爷爷也难过咧。眼睛哭胀喉咙哭嘶有什么好处？听我说，爷爷的心事我全都知道，一切有我。我会把一切安排得好好的，对得起你爷爷。我会安排，什么事都会。我要一个爷爷欢喜你也欢喜的人来接收这只渡船！不能如我们的意，我老虽老，还能拿镰刀同他们拼命。翠翠，你放心，一切有我！……"

远处不知什么地方鸡叫了，老道士在那边床上糊糊涂涂地自言自语："天亮了吗？早咧！"

二十一

大清早，帮忙的人从城里拿了绳索杠子赶来了。

老船夫的白木小棺材，为六个人抬着到那个倾圮了的塔后山岨上去埋葬时，船总顺顺、马兵、翠翠、老道士、黄狗，皆跟在后面。到了预先掘就的方阱边，老道士照规矩先跳下去，把一点儿朱砂颗粒同白米，安置到阱中四隅及中央，又烧了一点儿纸钱，爬出阱时就要抬棺木的人动手下窆。翠翠哑着喉咙干号，伏在棺木上不起身。经马兵用力把她拉开，方能移动棺木。一会儿，那棺木便下了阱，拉去了绳子，调整了方向，被新土掩盖了，翠翠还坐在地上呜咽。老道士要赶早回城，去替人做斋，过渡走了。船总事多，把这方面一切事托付给老马兵，也赶回城去了。帮忙的皆到溪边去洗手，家中各人还有各人的事，且知道这家人的情形，不便再叨扰，也不再惊动主人，过渡回家去了。于是碧溪岨便只剩下三个人——一个是翠翠，一个是老马兵，一个是由船总家派来暂时帮忙照料渡船的秃头陈四四。黄狗因为被那秃头打了一石头，怀恨在心，对于那秃头仿佛很不高兴，尽是轻轻地吠着。

到了下午，翠翠同老马兵商量，要老马兵回城去把马托给营里人照料，再回碧溪岨来陪她。老马兵回转碧溪岨时，秃头陈四四被打发回城去了。

翠翠仍然自己同黄狗来弄渡船，让老马兵坐在溪岸高崖上玩，或嘶着个老喉咙唱歌给她听。

过三天后船总来商量接翠翠过家里去住，翠翠却想看守祖父的坟山，不愿即刻进城。只请船总过城里衙门去为说句话，许杨马兵暂时同她住住，船总顺顺答应了这件事，就走了。

　　杨马兵既是个上五十岁了的人，说故事的本领比翠翠祖父高一筹，加之凡事特别关心，做事又勤快又干净，因此同翠翠住下来，使翠翠仿佛去了一个祖父，却新得了一个伯父。过渡时有人问及可怜的祖父，黄昏时想起祖父，皆使翠翠心酸，觉得十分凄凉。但这份凄凉日子过久一点儿，也就渐渐淡薄些了。两人每日在黄昏中同晚上，坐在门前溪边高崖上，谈点儿那个躺在湿土里可怜祖父的旧事，有许多是翠翠先前所不知道的，说来便更使翠翠心中柔和。又说到翠翠的父亲，那个又要爱情又惜名誉的军人，在当时按照绿营军勇的装束，如何使女孩子动心。又说到翠翠的母亲，如何善于唱歌，而且所唱的那些歌在当时如何流行。

　　——时候变了，一切也自然不同了，皇帝已不再坐江山，平常人还消说！杨马兵想起自己年轻做马夫时，牵了马匹到碧溪岨来对翠翠母亲唱歌，翠翠母亲不理会，到如今自己却成为这孤雏的唯一靠山、唯一信托人，不由得苦笑。

　　因为两人每个黄昏必谈祖父，以及这一家有关系的事情，后来便说到了老船夫死前的一切，翠翠因此明白了祖父活时所不提到的许多事。二老的唱歌，顺顺大儿子的死，顺顺父子对于祖父的冷淡，中寨人用碾坊做陪嫁妆奁，诱惑傩送二老，二老既记忆着哥哥的死亡，且因得不到翠翠理会，又被家中逼着接受那座碾坊，意思还在渡船，因此斗气下行，祖父的死因，又如何与翠翠有关……凡是翠翠不明白的事，如今可全明白了。翠翠把事情弄明白后，哭了一个夜晚。

　　过了四七，船总顺顺派人来请马兵进城去，商量把翠翠接到他家中去，作为二老的媳妇。但二老人既在辰州，先就莫提这件事，且搬过河街去住，等二老回来时再看看二老意思。马兵以为这件事得问翠翠。回来时，把顺顺的意思向翠翠说过后，又为翠翠出主张，以为名分既不定妥，到一个生人家里去不好，还是不如在碧溪岨等，等到二老驾船回来时，再看二老意思。

　　这办法决定后，老马兵以为二老不久必可回来的，就依然把马匹托营上人照料，在碧溪岨为翠翠做伴，把一个一个日子过下去。

　　碧溪岨的白塔，与茶峒风水有关系，塔圮坍了，不重新做一个自然不成。除了城中营管、税局以及各商号各平民捐了些钱以外，各大寨子也有人拿册子去捐钱。为了这塔成就并不是给谁一个人的好处，应尽每一个人来积德造福，尽每个人皆有捐钱的机会，因此在渡船上也放了个两头有节的大竹筒，中部锯了一口，尽过渡人自由把钱投进去，竹筒满了马兵就捎进城中首事人处去，另外又带了个竹筒回来。过渡人一看老船夫不见了，翠翠的辫子上扎了白线，就明白那老的已做完了自己分上的工作，安安静静躺在土坑里给小蛆吃掉了，必一面用同情的眼色瞧着翠翠，一面就摸出钱来塞到竹筒中去。"天保佑你，死了的到西方去，活下的永保平安。"翠翠明白那些捐钱人的怜悯与同情意思，心里酸酸的，忙把身子背过去拉船。

　　可是到了冬天，那个圮坍了的白塔，又重新修好了。那个在月下唱歌，使翠翠在睡梦里为歌声把灵魂轻轻浮起的青年人还不曾回到茶峒来。

　　……

　　这个人也许永远不回来了，也许"明天"回来！

一九三三年冬至一九三四年春完成

编 者 说 明

沈从文，二十世纪中国最优秀的作家之一。湖南凤凰人，早年投身行伍，一九二四年开始文学创作，是白话文革命的重要践行者和代表作家。沈从文文采斐然，笔耕不辍，以湘西的人情、自然、风俗为背景，凭一颗诚心，用最干净的文字缔造了纯美的湘西世界，也由此奠定了他在中国现代文学中的独特地位。

从文先生的小说和散文，大大丰富了中国现代文学的审美形象，湘西世界反映出的对自然的感怀和对纯粹人性的渴望，也引起了广大读者的共鸣。其晚年主要从事中国古代服饰研究，编著的《中国古代服饰研究》填补了中国文物研究史上的一项空白。

参考现已出版的各种相关文集，我们精心选取了沈从文作品中的经典篇目，并根据题材和内容特色对所选篇目重新编排。在编校过程中，我们力求保持作品原貌，只对所选作品原文的个别字词、标点符号及相关引文进行了修订和校正，以飨读者。

限于学力和经验，在编校中难免有错讹疏漏之处，敬请广大方家、读者斧正。

编　者